A HIPÓTESE HUMANA

ALBERTO MUSSA

A HIPÓTESE HUMANA

2ª edição

EDITORA RECORD
RIO DE JANEIRO • SÃO PAULO
2018

CIP-BRASIL. CATALOGAÇÃO NA PUBLICAÇÃO
SINDICATO NACIONAL DOS EDITORES DE LIVROS, RJ

Mussa, Alberto
M977h   A hipótese humana / Alberto Mussa. – 2ª ed. –
2ª ed. Rio de Janeiro: Record, 2018.

ISBN: 978-85-011-0904-0

1. Romance brasileiro. I. Título.

17-38882
CDD: 869.93
CDU: 821.134.3(81)-3

Copyright © Alberto Mussa, 2017

Design dos mapas: Livia Prata, com base em desenho original do próprio autor

Todos os direitos reservados. Proibida a reprodução, armazenamento ou transmissão de partes deste livro, através de quaisquer meios, sem prévia autorização por escrito.

Texto revisado segundo o novo Acordo Ortográfico da Língua Portuguesa.

Direitos exclusivos desta edição reservados pela
EDITORA RECORD LTDA.
Rua Argentina, 171 – Rio de Janeiro, RJ – 20921-380 – Tel.: (21) 2585-2000.

Impresso no Brasil

ISBN 978-85-011-0904-0

Seja um leitor preferencial Record.
Cadastre-se em www.record.com.br e receba
informações sobre nossos lançamentos e nossas promoções.

EDITORA AFILIADA

Atendimento e venda direta ao leitor:
mdireto@record.com.br ou (21) 2585-2002.

*Para Seu Zé Pelintra,
na Hora Grande...*

*e para Marlene,
Elaine, João, Heitor:
a Gira da vida.*

Com *A hipótese humana* concluo o quarto e penúltimo volume do meu compêndio mítico sobre o Rio de Janeiro, que inclui *O trono da rainha Jinga*, *O senhor do lado esquerdo*, *A primeira história do mundo* e uma novela a ser escrita, *A biblioteca elementar*, cuja trama se liga à inquisição carioca do século 18.

Os cinco livros que compõem a série se filiam necessariamente ao gênero policial de assunto histórico. E, apesar de formarem um sistema, devem ser lidos de maneira aleatória.

A exemplo dos outros, e por exigência dos leitores, *A hipótese humana* também se baseia num obscuro caso real que, mesmo mal documentado nos arquivos da polícia, é dos mais vívidos capítulos da minha lenda familiar.

Não escrevi, portanto, ficção, no sentido mais vulgar do termo: ouvi esse relato dos mais velhos, inúmeras vezes, e não sou capaz de duvidar da sua absurda veracidade — até porque todas as fontes coincidem, nos elementos fundamentais à constituição da narrativa.

Mas não me restringi a essa longa tradição oral: investi meu tempo em toda sorte de leituras; vasculhei os jornais da época; examinei a papelada dos cartórios e da cúria metropolitana; estudei detidamente tratados e ensaios historiográficos; me debrucei sobre a cartografia e a geografia humana da cidade.

Minha versão faz, naturalmente, uma exegese pessoal dos fatos — mas não altera a sua essência. Talvez fosse importante revelar que as personagens trazem nomes verdadeiros, apesar de embaralhados.

Afirmei certa vez que uma cidade se define pela história dos seus crimes. Com *A hipótese humana*, o leitor perceberá que tal sentença só se compreende quando se responde a uma questão preliminar: afinal, em que consiste, exatamente, um crime?

Mapa do Catumbi e regiões vizinhas

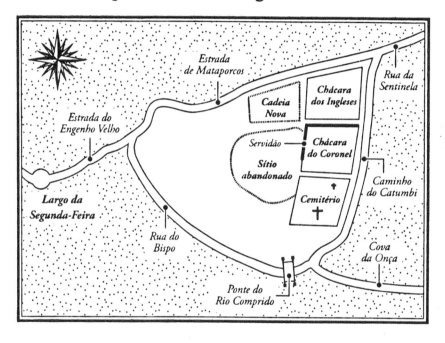

Mapa da chácara

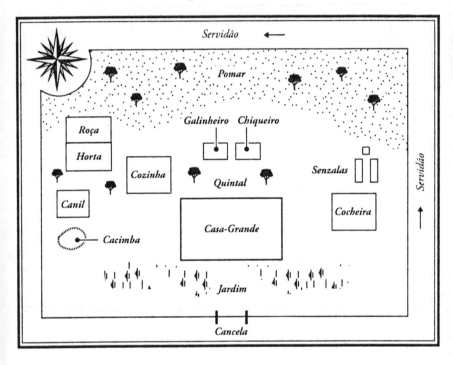

Planta baixa do térreo do casarão

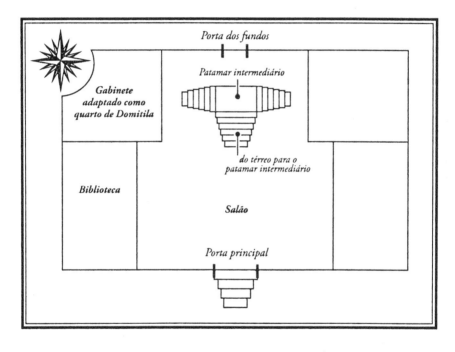

Era meia-noite
quando o Malvado chegou...

Quando o Malvado chegou
todo mundo ajoelhou,
todos tremiam de medo:
meu Deus do céu, que horror!

Era meia-noite
quando o Malvado chegou...

Eu peguei o meu pandeiro,
fui saindo de fininho
quando vi que era o Malvado
que vinha lá no caminho.

Era meia-noite
quando o Malvado chegou...

Ele vinha tão cansado
e não quis saber de nada;
deu as ordem a todo mundo;
acabou com a batucada.

Era meia-noite
quando o Malvado chegou...

Batucada composta por Getúlio Marinho, o "Amor", sobre célebre incidente ocorrido durante uma roda de pernada, na balança da Praça Onze, em meados de 1930: aparição de natureza indefinida, sob a forma de um preto alto, caladão, se intrometeu entre os malandros, para observar o samba; desafiado por um deles, derrubou todos os batuqueiros presentes, um a um, antes de se esvair no breu da noite.

1

Nem todos podem dizer
que conhecem uma cidade inteira.

Machado de Assis:
Esaú e Jacó.

Quem se dispõe a abrir um romance policial deseja e espera que aconteça um crime. Vou, assim, diretamente ao ponto, à cena que se dá momentos antes do episódio capital.

São duas personagens que se movem: um homem e uma mulher. Para quem leu meus outros livros, ou lembra que a ação se passa no Rio de Janeiro, é fácil deduzir que não serão casados. Ela, além de moça, é linda, como são em geral minhas mulheres. O homem, tipo mais vulgar, tem aproximadamente a mesma idade.

Disse que não são casados. Deveria ter dito não serem cônjuges. Porque a mulher (como se intui) tem um marido. Mas essa circunstância não a impede de começar a se despir. Veste uma camisola de linho branco, bordada e entremeada de telas de renda; e uma espécie de ceroula, um provocante *caleçon* com babados que vai até os joelhos, fechado apenas num dos lados com botões de madrepérola, na cor vermelha. O leitor que estranha o nome ou a descrição da peça (sensação entre as damas na Rua do Ouvidor) ainda ignora que estamos em 1854, na noite de uma sexta-feira, 13 de janeiro.

O homem assiste a tudo, em êxtase, sentado num sofá de mogno guarnecido de almofadas. Enverga traje comum, como quem está de viagem: chapéu, capa, fraque, colete, além de um lenço de seda, calças de ganga e botins com esporas.

Aproveito os instantes em que ele a contempla para descrever o ambiente: o quarto térreo de um casarão, numa bela chácara do Catumbi. Há uma cama (também de mogno); uma penteadeira de vinhático com enfeites dourados; e uma escrivaninha simples, além do mencionado sofá. A mobília é cara (exceto pela escrivaninha), mas não compõe completamente um dormitório de mulher: faltam, por exemplo, uma cômoda e uma decoração mais tipicamente feminina, como tapetes, vasos de flores e gravuras.

O pormenor tem importância, pois o leitor deve saber que se trata de um aposento improvisado para servir de alcova: era antes um dos quatro gabinetes que davam para o grande salão da casa, sendo dois de cada lado, com a particularidade de se comunicarem por uma porta de folha dupla.

A moça, enquanto se livra daquelas insinuantes roupas íntimas, age como uma dançarina de cabaré: passeia, roda, requebra, negaceia — até ficar completamente nua.

É desnecessário descrever minúcias. Importa apenas conhecer a sucessão dos acontecimentos fundamentais: num impulso súbito, o homem se lança sobre ela. Não chega a se livrar das roupas. Com violência, põe a mulher de bruços, na cama, dobrada sobre os próprios joelhos, e entra nela com ímpeto, talvez mesmo com fúria.

A mulher, contudo, prefere ter o comando. E, corcoveando, dando uma espécie de coice, expulsa o homem, para em seguida empurrá-lo de costas no sofá. Trepada nele, seus movimentos são frenéticos, quase que desesperados.

Quem já praticou nessas posições, e com tal intensidade, sabe ser impossível manter certo controle; que podem escapar gemidos, até mesmo gritos; que muitas vezes são ditas frases obscenas, num tom mais alto, desafiador — porque essa forma de sexo não fica muito aquém da luta, de uma disputa física.

É presumível também, pelos mesmos motivos, que houvessem perdido o controle sobre eventos que se passassem fora, além das paredes. Não teriam percebido o estrépito de cascos de cavalos; o ranger de cancelas; o ruído trivial de pessoas acordadas, ou que acabassem de acordar, perigosamente próximas daquele quarto. Então, tudo acontece.

De repente, vozes altas, masculinas, vindas da cocheira, fazem um escândalo que invade o quarto. É quando se dão conta de que há grande agitação na chácara — e de que podem ser surpreendidos. Num primeiro instante, a moça fica paralisada de terror. Todavia, já quase desmaiada, tentando dominar a respiração resfolegante, faz com o corpo um movimento lateral, removendo o obstáculo para que o homem fuja.

Ele, por sorte, está vestido. E tem tempo de apanhar o chapéu antes de saltar a janela por onde havia entrado.

Em 1854, o lugar denominado Catumbi ainda integrava a freguesia do Engenho Velho, criada nos últimos anos do século 18, nas antigas terras que pertenceram aos jesuítas. Era, no princípio, uma região meio insalubre, muito úmida, cheia de atoleiros e barreiras, frequentada apenas por caçadores ocasionais.

Mas os sucessivos aterros, a abertura de caminhos novos, a instalação de aquedutos, chafarizes e caixas-d'água foram aos poucos transformando aquele espesso matagal num aprazível subúrbio, todo recortado de chácaras, algumas delas com belíssimas casas, onde passaram a residir proprietários abastados, embora ainda conservasse um caráter rural.

Na época em que a história se passa, sua via principal era o Caminho do Catumbi, que entroncava com a Rua da Sentinela, por onde se seguia até o Centro, pelo Campo da Aclamação; ou, noutro sentido, até o Largo da Segunda--Feira, na Tijuca, se se tomasse a Estrada de Mataporcos.

Do Catumbi também se podia alcançar o mesmo Largo da Segunda-Feira por outra rota, descendo o caminho homônimo na direção da Cova da Onça (de onde partia o aqueduto), passando a ponte sobre o Rio Comprido e pegando a recém-aberta Rua do Bispo, que entrava pela Estrada do Engenho Velho, espécie de continuação da de Mataporcos.

Descrevo essa geografia com certo pormenor porque sem isso não se compreende o caso. As duas rotas referidas, entre o Catumbi e o Largo da Segunda-Feira, formavam um círculo de cinco pontas; ou, mais propriamente, um pentágono — cujos vértices eram lugares assombrados, entornos onde a inteligência popular percebe a ação de forças sobrenaturais.

Eram estes a Casa de Correção e Detenção, também chamada Cadeia Nova, que vinha para substituir as prisões do Aljube e do Calabouço; o Cemitério da Ordem Terceira de São Francisco de Paula, vizinho à chácara onde ocorreu o adultério, inaugurado poucos anos antes; a Cova da Onça, tenebrosa picada que subia o Morro de Santa Teresa, numa área ainda toda coberta pela mata; a ponte do Rio Comprido, construção antiga e ora ligada à recém-aberta Rua do Bispo; e, naturalmente, o próprio largo, por onde passava a Estrada do Engenho Velho, rumo da Tijuca.

Sabemos que o invasor da chácara, e do quarto da moça casada, esteve no Largo da Segunda-Feira. Havia ali uma estalagem, no centro de um grande terreno, com um galpão nos fundos. Era um pouso para caçadores, carroceiros, viajantes em geral; e também para jogadores: porque ali se fazia toda sorte de apostas, com dados, moedas ou cartas.

O invasor esteve lá, nessa pousada, antes de se encontrar com sua amante; o invasor bebeu; o invasor jogou; o invasor voltou à mesma hospedaria, depois da fuga, quando teria chegado a ver o espírito que assombra o largo, exatamente à meia-noite.

Esse é o dado fundamental. Depois da cena em que ele salta a janela, toda a interpretação do crime — tanto em seu aspecto estritamente policial quanto em relação ao seu alcance mítico — depende especificamente do caminho que terá escolhido para fugir; e se o fez no sentido horário ou no trigonométrico.

Não poderia, é claro, ter vencido qualquer distância a pé, ainda mais à noite. Logo, concluímos que foi a cavalo. Mas não poderia ter amarrado o animal dentro da propriedade; nem o teria deixado em plena estrada. Afinal, era um caso de adultério. Deduzimos, portanto, que havia algum lugar próximo à chácara, fora da visão de moradores e transeuntes, onde pôde esconder a montaria. Depois de saltar a janela, foi certamente a esse mesmo esconderijo, para escapar quando tudo se acalmasse.

O fato insólito ocorre enquanto espera, ao lado do cavalo. Passa um tempo razoável, escondido, atento a todos os ruídos, ansioso pelo restabelecimento da paz noturna. É quando escuta, de repente, seis disparos de revólver.

A chácara onde se deu a cena de adultério ficava no Caminho do Catumbi, entre o cemitério, à esquerda, e outra chácara, à direita, propriedade de um casal inglês, donos de uma fundição. Atrás havia um sítio abandonado, ocupando todo o terreno em aclive até o alto de um morro, já tomado pelo matagal. O acesso ao referido sítio se dava por uma servidão, que cortava as outras duas propriedades.

A residência que nos concerne pertencia ao coronel do exército Francisco Eugênio de Barros Lobo, que não chegou a ser barão de Itapiru, pelos motivos que serão sabidos. A patente fora conquistada depois da Guerra do Prata, por sua bravura na tomada de Monte Caseros, em 1852. Membro de uma rica família alagoana, parece que também tinha fazendas e era sócio, no Rio de Janeiro, de uma firma de seguros.

A tradição familiar deveria tê-lo levado a se casar na linhagem dos Faria Leite, seus conterrâneos de Penedo e Piaçabuçu, além de antigos aliados militares no combate à revolução de 1817 — o que na prática significa terem sido fundadores de Alagoas, província criada com o desmembramento punitivo de parte do território pernambucano.

No Rio de Janeiro, contudo, cidade onde tudo se abranda, esses dois clãs acabaram se misturando a outras duas famílias de origem mineira: Monteiro Machado e Baeta Neves. Francisco Eugênio se apaixonou e se casou com uma mocinha dessa última estirpe: Ana Felícia — que, por sua vez, e por conta de tradições similares, deveria ter se unido a um de seus primos de Minas.

A história desse casal, com quem tenho um distante parentesco, é das passagens mais tristes da nossa crônica familiar. Diziam os velhos que Ana Felícia era linda e tinha um riso fácil. E que — apesar de mineira e bem-nascida (porque os primitivos Baeta também tinham posses) — gostava dos prazeres simples e confiava nas pessoas. Não sei dizer qual dessas virtudes influiu mais decisivamente sobre o temperamento agreste do futuro coronel.

Suponho tenham sido felizes — até o dia em que (por razões ainda ignoradas) Ana Felícia começou a definhar, morrendo em pouco mais de uma semana. A opinião das fontes é unânime: a mulher de Chico Eugênio tinha sido enfeitiçada por escravos da chácara. Não diziam "envenenada"; era mesmo "enfeitiçada" — termo que alçava o caso a outra esfera de investigação, inacessível às pessoas comuns.

A Chico Eugênio, viúvo, restaram uma filha e um compromisso. Sobre o compromisso falarei depois. No que concerne à filha, Domitila, o leitor presume seja a mesma moça casada, amante do homem que pulou pela janela.

Naquela sexta-feira, 13 de janeiro, Francisco Eugênio não estava em casa. Havia partido cedo num vapor que o levaria a Penedo, onde tinha negócios a tratar. Não ignorava, o coronel, a ausência de outro homem: José Higino de Faria Leite, o genro, que era corretor de café e por isso também estava fora, viajando por fazendas do Vale do Paraíba.

Não se espante o leitor com o fato de uma moça ter sido deixada em casa num subúrbio do Rio de Janeiro, em 1854, sem outra companhia senão sua mucama: em primeiro lugar, havia os escravos, que não dormiam longe e estavam preparados para defender a propriedade; além do que, as estatísticas policiais indicam terem sido muito raras, naquele período, as invasões a domicílios situados fora da área central da cidade. Esse tipo de ladrão dificilmente planejava grandes assaltos: agia mais por impulso, ou com senso de oportunidade, enquanto vagava pelas ruas e percebia uma porta entreaberta, uma casa vazia. Em zonas suburbanas como o Catumbi, tais ocasiões deviam ser raríssimas.

A verdadeira onda criminal que engolfava o Rio de Janeiro, os crimes que ocupavam as autoridades do tempo eram aqueles cometidos pelos famigerados capoeiras. Embora provocassem grande pânico, deixando na cidade uma sensação de insegurança, era uma criminalidade essencialmente endógena: capoeiras vitimavam capoeiras, membros de grupos rivais, durante conflitos de rua, do que resultavam alguns feridos e uma ou outra morte ocasional.

Assim, fora desse âmbito, por mais surpreendente possa parecer, o nível de violência era baixo para uma cidade já tão desenvolvida como a então capital do Império. Para que se tenha um parâmetro, a cada mil prisões efetuadas naquela década, apenas uma envolvia homicídio — e somente seis os casos de assalto à mão armada. Em contrapartida, eram em média noventa detenções por lesões corporais decorrentes de brigas; cento e oitenta, por furto; e setecentas, por desordem pública: vadiagem, arruaças, bebedeiras, batucadas. Ou seja, quem de fato enchia as cadeias cariocas era gente que se divertia.

Mas voltemos logo ao coronel: houve um problema no vapor, que obrigou o capitão a retornar ao porto. Foi por isso que Francisco Eugênio regressou àquela hora avançada da noite, sem aviso. Há, então, o tumulto provocado por aquela súbita chegada: ruído de cascos contra pedras, cães que latem, homens que gritam, luzes que se acendem, barulho de cancelas e portões, uma agitação nas cocheiras — além do próprio coronel, que pisa forte no salão da casa.

Não se sabe se ele escuta, se percebe o que ocorre no quarto da filha. Os amantes, por sua vez, são prevenidos pelas vozes. E o invasor, que por sorte está vestido, não tem outra alternativa senão pular a janela. Corre, ou vai se esgueirando pela sombra das árvores, até o esconderijo onde deixou o cavalo. Tenso, ansioso, não tem nem pode ter noção precisa de quanto tempo passa.

Então escuta os tiros. Escuta seis tiros bem contados de revólver. Supõe que alguém tenha fugido da cadeia. Não crê; não imagina; não pode conceber que tenham sido disparados pelo coronel.

Pouca gente sabe que, depois da reforma introduzida pela lei de 3 de dezembro de 1841, a polícia do Rio de Janeiro passou a dispor de um corpo informal de agentes secretos.

Não eram funcionários públicos, mas particulares que exerciam as funções de alcaguetes, espiões, investigadores, podendo agir sem serem reconhecidos. Segundo cálculo dos especialistas, em 1850 mais de um terço do orçamento destinado à segurança pública era gasto de maneira discricionária pelo chefe de polícia na contratação de serviços secretos — prática que só se extinguiu depois do golpe republicano.

A maioria desses colaboradores recebia por missão. Mas havia um grupo mais seleto, indicado por pessoas influentes, que mantinha empregos de fachada para atuar de verdade na polícia. O protagonista deste livro, o detetive que a história requer, entra nessa última categoria: Tito Gualberto Carvalho, que também dava aulas de latim.

Era filho ilegítimo do irmão de Ana Felícia, Joaquim Custódio Baeta Neves, com uma certa Jupira, rezadeira do Morro do Livramento: mulher obscura, meio cabocla, nascida no antigo e àquela altura quase extinto aldeamento indígena de São Lourenço, em Niterói.

Era casada, a rezadeira, com o carpinteiro português André Carvalho, que acreditava ser o pai de Tito até ouvir rumores a respeito do adultério. Homem sereno, acostumado às superfícies planas, prefere abandonar a mulher, em vez de se vingar.

Pouco depois, foi a vez da mãe: Jupira enjeita o filho, alegando ter visto nele um espírito de cobra. Tito foi, assim, criado pela irmã de Ana Felícia: Maria Eufrásia, casada com um Manuel Augusto de Faria Leite, industrial, residente numa bela quinta ao lado do Outeiro da Glória.

As duas irmãs tinham inexplicável adoração pelo sobrinho. Embora houvesse tirado as primeiras letras e frequentado aulas secundárias, graças ao empenho de Maria Eufrásia, Manuel Augusto exige logo que o rapaz trabalhe em algum dos negócios da família, que incluíam uma fábrica de charutos e dois armazéns na zona portuária. E Tito, em vez de médico ou advogado (como sonharam as tias), acabou se tornando aprendiz de capataz, auxiliando a fiscalização dos escravos que executavam os serviços de carga e descarga, no porto.

E é ali, no porto, que se dá o episódio fundador: Tito almoça um prato de angu com miúdos suínos, numa casa de pasto da antiga Rua do Cemitério, como ainda insistiam em chamá-la. Tem a companhia de outros homens, encarregados e trabalhadores do cais. Um deles, Balbino Ribeira, antigo escravo dos Faria Leite, era liberto, mas continuava servindo aos mesmos senhores como cabo eleitoral e guarda-costas.

E estão ali os quatro, diante da caçarola de angu, quando um quinto homem, que bebe no balcão, conhecido no cais como Marimbondo, começa a fazer em voz alta acusações genéricas contra os deputados de Alagoas. Balbino o encara; e o outro vem ao seu encontro, passando ao lado da mesa e esbarrando nela de propósito. Começam uma discussão. E Marimbondo escarra no assoalho, dando as costas a Balbino, antes de deixar a bodega.

Como o leitor pressente, aquela falsa retirada é um convite para a briga. Balbino se levanta e também sai, depois de se livrar do chapéu e da casaca. Tito se soma ao grupo que cerca os oponentes, do lado de fora. Vai assistir, pela primeira vez, a um confronto entre capoeiras.

Marimbondo toma a iniciativa, com uma sequência de meias-luas, ganchos e esporas; mas Balbino consegue se safar das pernadas, enquanto atrai o adversário para perto da esquina. Parece, a quem assiste, uma manobra de fuga. Então, sobrevém a magia: quando Marimbondo, confiante, arrogante até, arma o tradicional rabo de arraia, Balbino se antecipa; e simula uma rasteira — quase ao mesmo tempo em que, com a perna oposta, levanta o pé na direção do rosto do oponente, que viria exatamente naquela trajetória.

Confundido pela dupla negaça, e antevendo o inevitável choque, Marimbondo só tem a alternativa de recuar, de escapar na esquiva clássica — atirando o corpo para trás, no intuito de cair sobre as mãos espalmadas e deixar as pernas livres para o contragolpe.

Esse movimento é executado com perfeição. Mas os lutadores estavam muito perto da esquina: quando Marimbondo joga a esquiva, sua cabeça ultrapassa a linha da calçada e se projeta sobre a Praia da Saúde. Naquele preciso instante, uma caleça em disparada cruza a frente da rua: a cabeça colide primeiro com a pata do cavalo, sendo depois apanhada por uma das rodas.

Gente da plateia e o próprio cocheiro ratificam a versão do acidente. Todavia, quem conhecia Balbino não teve dúvida de que houve crime; que — mesmo sem tocá-lo — Balbino matara, premeditadamente, o rival.

Antes de continuar a história de Tito Gualberto, de como se tornou agente secreto da polícia, é necessário apresentar melhor a importante personagem que há bem pouco entrou em cena: Balbino Ribeira.

Africano de nação cabinda, desembarcou menino no Cais do Valongo, quando o comércio negreiro ainda era legal, sendo arrematado pelos Faria Leite tão logo foi exposto num leilão. Sua biografia poderia parecer comum, se não fossem dois elementos singulares: o de nunca ter sido castigado, fosse com relho ou palmatória; e o de ter se transformado em lenda, com cerca de vinte anos, entre os capoeiras.

Era, nesse meio, conhecido por *Anhuma*, a ave célebre que ostenta um espinho curvo no alto da cabeça; e que os esotéricos consideram ser o verdadeiro Unicórnio. Além de poderes mágicos que esse belo chifre lhe confere, a anhuma tem, para sua defesa, dois esporões na ponta de cada asa, como se fossem duas navalhas. Seus pés enormes lhe permitem cruzar qualquer obstáculo e praticamente andar sobre a água. Dizem ainda que seu grito cavernoso anuncia a mensagem dos mortos; ou previne os animais contra a presença de caçadores e de outros inimigos da mata.

Descrevi a ave, naturalmente, para explicar Balbino — já que tais apelidos, entre os antigos capoeiras, representavam a pessoa, eram a metáfora da sua essência, da sua aparência, das suas habilidades como lutador. Por isso, não se duvidava de que Balbino, ou melhor, de que Anhuma houvesse matado Marimbondo, intencionalmente.

Num espírito ofídico como o de Tito Gualberto, essa luta exerceu um inexorável fascínio. E ele se aproxima de Balbino, do capoeira conhecido por Anhuma. Não apenas assiste a outras lutas: também escuta histórias de duelos famosos, de capoeiras míticos, da existência de feitiços que fechavam o corpo, de preceitos rígidos cuja violação podia ser fatal, de pragas lançadas por inimigos na hora da morte, de maldições provocadas por afrontas, conscientes ou não, às entidades que dominam as ruas e os espaços públicos.

No curso dessa iniciação, conduzida em grande parte por Balbino, Tito tem seu primeiro deslumbramento com a vida. É um mundo novo que se descortina. De todos os mundos que a cidade abriga, esse é o primeiro que ninguém lhe impõe; o primeiro que pôde, livremente, escolher.

Quando Maria Eufrásia sabe, por ouvir dizer, que seu amado sobrinho anda pela Lapa, pelo Rossio Grande, pelos arredores da Igreja da Lampadosa imiscuído entre bandidos da famigerada malta dos marraios, resolve, com apoio de Ana Felícia, fazer sua mudança para o Catumbi.

No Catumbi, no entanto, está a prima Domitila. Começam, então, os problemas: porque logo surgiu entre ele e Domitila uma sinuosa intimidade, a ponto de Quirina, uma das mucamas, se sentir constrangida a denunciá-los.

Chico Eugênio quis afastá-lo da filha, mas encontrou a resistência da mulher. Ana Felícia, apoiada por Maria Eufrásia, rechaçou radicalmente a ideia de pô-lo no exército, consentindo apenas em mandá-lo estudar num seminário.

No seminário, apesar de não ser exatamente um mau aluno, adquire o hábito de escapar durante a noite, quando é visto com vadios e mulheres. O reitor manda uma carta ao Catumbi. Mas Ana Felícia, com o apoio da irmã, consegue contornar o problema.

Pouco depois, Tito recebe uma carta, na verdade um bilhete de Maria Eufrásia, informando a morte de Ana Felícia e pedindo que evitasse comparecer ao enterro, para não ser visto por Joaquim Custódio. Da mera indisciplina, evolui para um comportamento agressivo em relação aos companheiros.

Chico Eugênio não ignora esses fatos. E não leva muito tempo para considerar excessivos os custos daqueles estudos. Não acredita que Tito venha a se tornar um verdadeiro padre. É uma criatura do limbo: não se encaixa precisamente em nenhum papel, em nenhuma função social. Como lhe diz o reitor, tem talento para o latim e para a lógica, mas não consegue conter os rompantes de violência e o vício maldito do onanismo.

Aludi a um compromisso de Chico Eugênio com a finada: era o de nunca desamparar o sobrinho. E o viúvo cumpre a promessa, ainda que a seu modo: recomenda Tito ao chefe de polícia, que o põe no corpo dos agentes secretos. O leitor talvez pondere sobre que talentos ou condições teria semelhante personagem para exercer essa função: um menino criado e mimado por duas tias ricas, ex-seminarista, mero explicador de gramática latina.

Tito, contudo (o coronel sabia), era um capoeira. Como os historiadores ratificam, eram capoeiras quase todos os agentes do serviço secreto.

E a história do crime começa propriamente agora, quando Tito Gualberto é convocado para resolver o caso da invasão da chácara e do assassinato de Domitila. A história de um crime se confunde quase sempre com a da investigação — porque se trata mesmo de uma espécie de aventura, de uma caça ao tesouro, da busca de uma identidade, mais a da vítima que a do criminoso.

Tito Gualberto chegará a essa conclusão no fim do livro. Por ora, dá uma explicação de gramática latina, comodamente debruçado numa mesa rústica, diante de ensebados manuais, no segundo pavimento do sobrado onde mora desde que deixou o seminário, na Rua do Regente, perto da esquina com a dos Ciganos, território tipicamente marraio. É quando a portuguesa grita, embaixo, dizendo estar na porta um moleque, mensageiro do coronel Francisco Eugênio.

Separa, então, um trecho do *De bello gallico*, para que o aluno traduza; e desce. Na porta, descalço, sem camisa, vestido apenas com umas calças largas de riscado, está Hilário. Não traz carta nem bilhete; tem somente um recado para dar: que Tito vá ao Catumbi, o quanto antes. É o coronel quem manda.

E Hilário se despede, constrangido, cheio de pressa, sem dizer mais nada, tomando a direção do Largo do Rossio, onde está o comprador da chácara, Tomé Ganguela, com a carroça. Tito percebe em Hilário certo nervosismo, uma atitude um tanto artificial. Tinha visto aquele moleque crescer; esperava mais camaradagem, mais afeto. É um comportamento muito estranho; tanto o de Hilário quanto o de Chico Eugênio.

Tito não compreende a ordem para ir à chácara. Tinha sido praticamente expulso de lá. Mesmo depois de largar o seminário, nunca lhe permitiram uma visita. E Hilário não dá explicações. É tudo, realmente, insólito demais: Tito tem a sensação de estar sendo atraído para alguma armadilha. Ignora, naturalmente, que Domitila esteja morta; que tenha sido assassinada.

Antes de chegar ao Largo do Rossio, onde tomará a sege para o Catumbi, Tito Gualberto já tem certeza de que é uma armadilha. Por isso, depois de despachar o aluno que não compreende as frases do *De bello gallico*, escolhe suas roupas mais distintas; e desce as escadas. Desce as escadas armado, de navalha e faca.

Vou recuar a narrativa em alguns meses porque há dados que o leitor deve conhecer para entender a faca e a navalha.

São fundamentalmente três momentos, três encontros em que Tito Gualberto conversou com mulheres da chácara, apesar da proibição de visitar a propriedade.

O primeiro deles se dá na ponte do Rio Comprido. É um encontro casual: Tito passa e vê Leocádia, a mucama preferida de Domitila, que põe roupa para quarar nas pedras. Estava casada, Leocádia, com o mentor de Tito no mundo da capoeiragem: o liberto Balbino Ribeira, guarda-costas dos Faria Leite — que, por conta disso (diziam), andava agora foragido da polícia.

Esse tipo de união, entre escravos e libertos, não chegava a ser incomum; mas gerava, como se adivinha, muito desconforto. Balbino, por exemplo, só tinha permissão para dormir na chácara duas vezes por semana. Como Leocádia permanecesse à disposição dos senhores, no casarão, acomodada embaixo da escada, nos dias aprazados o casal tinha de se transferir para a senzala de Quirina

— que, por sua vez, ocupava o posto de Leocádia. Isso era fonte de graves conflitos entre elas, porque as duas mucamas não se davam.

É Leocádia quem conta a Tito as histórias do Catumbi, passadas no tempo em que esteve no seminário. Falou sobre os rumores de que Domitila teve um "namorado" entre os rapazes que frequentavam os saraus promovidos pela mãe, quando tocavam principalmente lundus; que pouco depois o coronel proibiu danças dentro de casa; e Zé Higino, com o absurdo apoio de Chico Eugênio, decidiu encarcerar a mulher.

Alegando uma misteriosa doença, proibiram Domitila de sair de casa, de fazer passeios, além de obrigá-la a se mudar do próprio quarto, no segundo andar, para um dos cômodos do térreo.

Narrou também o fim trágico de Ana Felícia, que morreu de repente, enfeitiçada por escravos da chácara. Até então, Tito Gualberto ignorava todos esses fatos.

Desse primeiro encontro adviria um segundo: duas semanas depois, Hilário leva em segredo a Tito um recado de Leocádia, para que fosse vê-la nos fundos da chácara, no lado da servidão. Apesar do risco, Tito vai: e se surpreende, porque a mucama chega acompanhada da prima. É nessa ocasião que revê Domitila pela primeira vez. E ela, emocionada, infeliz, insiste que ele volte; e marca novo encontro atrás do cemitério.

Por isso, por causa dos encontros, é que desceu armado de navalha e faca. Tinha certeza de que alguém tinha seguido Leocádia, ou Domitila. E que ele, Tito, fora denunciado.

Não descreverei a entrada de Tito na chácara do Catumbi. Para a sequência narrativa, para a significação do mito, é um dado irrelevante. Basta dizer que, quando Galdino Caçanje vem abrir a porteira, Tito percebe as fitas pretas costuradas nas mangas do cavalariço. Mira, então, quase instantaneamente, a casa — e constata que todas as grandes janelas de vidraças estão tapadas por peças de veludo negro. Dentro, vê mantas escuras cobrindo quase tudo: a mesa, as cadeiras, o piano, os quadros, os aparadores, os sofás.

Francisco Eugênio o recebe na biblioteca, na verdade um modesto gabinete de leitura, montado no cômodo contíguo ao quarto de Domitila, do lado esquerdo do salão. Está todo de preto, o coronel. E fuma cachimbo, hábito que adquiriu com os vizinhos ingleses, donos de uma fundição. Sequer esboçam um cumprimento. Há uma tensão natural entre os dois. Tito já intuía a verdade, desde o lado de fora, tantos eram os signos do luto. Não posso avaliar sua emoção. Sei que enfrenta o olhar do tio. E que está armado.

E Chico Eugênio diz que Domitila não morreu: Domitila foi assassinada. E conta, então, sua versão dos fatos. No dia do crime, chega em casa tarde, entre onze e meia-noite, porque sua viagem a Penedo fora interrompida. Ninguém o espera na chácara. Por isso grita, da cancela.

Todos acordam num grande alvoroço. Ele entra no casarão; e percebe, pela fresta ao rés do chão, que uma luz tremula no quarto de Domitila. Bate levemente, depois mais forte — até que, sem resposta, força a tramela. Dentro, vê a filha deitada, com uma almofada sobre o rosto. No mesmo instante, sente correr a brisa fresca da noite. E constata que a janela está aberta.

Vai até lá e vislumbra um vulto correndo no quintal. Puxa, então, o revólver. E descarrega todo o tambor na direção do fugitivo, que mesmo assim escapa. Só depois se dá conta de que Domitila tinha sido asfixiada, provavelmente enquanto dormia.

Sai, então, com seus homens, para perseguir o assassino. Acorda o inglês, os outros vizinhos, consegue envolver até os policiais da cadeia numa batida pelas redondezas, mas não acha o bandido. Só no dia seguinte verifica que uma caixa com joias de Domitila tinha desaparecido.

Fica claro, para Tito, não ter vindo ali na condição de parente, embora seja a esse pretexto que os escravos compreendem sua entrada na chácara. Estava sendo convidado, convocado para investigar um homicídio. E tal investigação deveria começar pelo exame do cadáver.

Chico Eugênio, contudo, tinha proibido o velório. *A morte não é nenhum espetáculo*, teria dito, aproximadamente. Tito, assim, não pode ver o corpo — sepultado no domingo, dois dias depois do crime, no cemitério vizinho.

Essa exclusão não atingiu apenas Tito: nem Barros Lobo, nem Baeta Neves, nem Faria Leite, nem Monteiro Machado. A morte de Domitila não foi participada a ninguém. Nem mesmo ao genro, que continuava em viagem pelo Vale do Paraíba, Chico Eugênio enviou um correio.

Além do pai, somente três pessoas viram a morta: o padre, que encomendou o corpo; a mucama, que o vestiu; e o médico, que atestou o óbito. Este último, o médico, também era parente: Evaristo Monteiro Machado, primo e antigo pretendente à mão da vítima. Do documento oficial, assinado por ele, constava como *causa mortis* um ataque cardíaco, decorrente da malformação das válvulas.

É o primeiro ponto que chama a atenção de Tito: Evaristo ter sido cúmplice do coronel na ocultação do fato. Na versão espalhada por Chico Eugênio, e que era a dos escravos, houve uma tentativa de assalto à chácara, repelida pelos tiros. O ladrão, contudo, conseguira fugir, chegando a levar uma caixa de joias, apesar de toda a perseguição, que contou com o apoio de vizinhos e dos guardas da cadeia. Com aquele grande susto (o tumulto, a gritaria, os disparos de revólver), o frágil coração de Domitila não teria resistido. Era essa a história que o coronel iria contar à família — aproveitando a desculpa de Zé Higino para manter a mulher no casarão.

O que Tito custa ainda a entender é a razão prática de ter sido chamado ao Catumbi. Se Chico Eugênio não queria que soubessem do homicídio, se chegou a fazer um enterro praticamente secreto, o que ganharia descobrindo o criminoso? A prisão de um assassino atrairia a imprensa, tornaria pública a tragédia. O escândalo comprometeria o médico, além do próprio coronel. Chico Eugênio, contudo, não se abala: *homens de verdade não se importam com justiça; apenas com vingança.*

Na discreta revista que faz na chácara, acompanhado pelo coronel, a pretexto de rever a casa onde viveu, Tito Gualberto procura pistas, evidências materiais. No quarto de Domitila, constata o arrombamento da porta principal, que dá para o salão; ao passo que se certifica do perfeito estado das janelas. A porta interna, que se comunica com a biblioteca, também em folhas duplas, não tinha nenhuma espécie de tranca.

Não se espante o leitor com esse fato: fechaduras eram artigos caros na época. Em geral, as casas dispunham de uma única delas, na porta de entrada, que abria por fora. Dentro, eram trancas comuns: travas, tramelas, ferrolhos. Ou simplesmente nada — se não se tratasse de um espaço íntimo.

É um dado desconcertante para ele: ou o ladrão entrou pela janela previamente aberta; ou pelo cômodo contíguo, invadindo o casarão por outro ponto — que aquela inspeção, superficial, não permite identificar.

Deduz com precisão quem dormia dentro da casa, debaixo da escada. Leocádia tinha licença três vezes por semana para passar a noite com o marido, na senzala da chácara (ocasião em que Quirina, como ficou dito, a substituía no cubículo debaixo da escada). Mas Balbino Ribeira andava foragido da polícia: logo, é Leocádia quem ocupa o cubículo no dia do crime.

Os aposentos do segundo andar estão intactos: o ladrão, surpreendido, foge antes de completar o furto. Enquanto desce a suntuosa escadaria de mármore, Tito começa a suspeitar da tolerância de Francisco Eugênio ante o comportamento de José Higino. Talvez soubesse de algum fato escuso. Mas não faz indagações sobre esse tema.

Procura se concentrar, então, na direção tomada pelo criminoso no momento da fuga. Para acompanhar o raciocínio do nosso detetive, é importante que o leitor conheça melhor a geografia da chácara. A janela de Domitila dava para os fundos e tinha à esquerda a cozinha, a cacimba e os canis. À frente, um quintal com algumas árvores, que escondiam a horta, o galinheiro, o chiqueiro, as roças dos escravos. As cocheiras, assim como as senzalas, ficavam à direita, no lado dos ingleses. Depois de tudo isso, como uma muralha, começava o pomar propriamente dito, que tinha abiu, araçá, bacuri, cajá, caju, cambucá, cambuci, sapucaia, goiaba, grumixama, jatobá, jenipapo, gabiroba, maracujá, murici, cacau, pequi, pitomba, pitanga e jabuticaba, além de frutos exóticos, mas bem aclimatados, como laranjas, limas e limões.

No quintal, Tito recolhe quatro das seis balas disparadas por Chico Eugênio. Estavam cravadas nas árvores — revelando que o ladrão tomara a direção da chácara vizinha, por trás das senzalas.

Tito também vê o revólver: um Colt, o célebre modelo *Navy* de 1851, distribuído pelo exército brasileiro aos seus oficiais no ano seguinte ao da fabricação. Na época, era uma preciosidade, o que havia de mais moderno relativamente a armas de fogo portáteis. Se o leitor se lembra que Tito saiu de casa levando uma faca e uma navalha; se se dá conta de que na época mesmo as autoridades andavam armadas com pistolas (que precisavam ser novamente engatilhadas para um segundo disparo), deve ter ideia de qual foi sua reação diante de um revólver automático de seis tiros.

Por isso, não consegue reconstituir, racionalmente, a cena. Não compreende, primeiro, como o coronel havia errado o alvo, com uma máquina daquelas. E não compreende — esse é o ponto — o longo intervalo de tempo entre o momento em que chega de surpresa na chácara e o instante em que dá os tiros.

Na versão do coronel, que acabei de reproduzir, ele teria entrado na casa, percebido luz no quarto da filha, arrombado a porta, visto a janela aberta e um vulto correndo no quintal, quando começa a atirar. Todavia, como eu mesmo escrevi páginas atrás, o invasor, amante de Domitila, teve a vaga sensação de haver passado um tempo razoável entre o momento do salto e os seis tiros de revólver — tanto que imaginou se tratar de uma fuga do presídio.

Ou seja: o vulto que corria no quintal, percebido pelo coronel, não era, não poderia ser, o do invasor, amante de Domitila.

É o que Tito Gualberto conclui, logicamente, ao recolher as quatro balas do revólver: dois homens distintos estiveram no quarto de Domitila, na noite de sexta-feira 13, um logo depois do outro.

O leitor atento se pergunta como o nosso detetive pôde ter chegado a essa dedução. Porque é ele, Tito, aquele mesmo invasor a que me referi no princípio do relato. É ele, Tito Gualberto, o amante de Domitila, o primeiro fugitivo a escapar pela janela.

Retomo agora a narrativa, para esmiuçar uma das cenas capitais da trama: o momento em que Tito foge pela janela do quarto de Domitila.

Já ficou dito que tanto a propriedade do coronel Francisco Eugênio quanto a dos vizinhos eram cortadas por uma servidão de passagem. Como se deduz dos registros notariais, o traçado dessa via começava no Caminho do Catumbi, subia verticalmente pela chácara dos ingleses e dobrava à esquerda, entrando pelo terreno do coronel até o ponto onde este encontrava o do cemitério, para daí avançar em linhas curvas até o alto do morro, onde ficava a sede do sítio abandonado.

Ora, Tito Gualberto, na noite do crime, antes de se encontrar com a prima, partiu da estalagem do Largo da Segunda-Feira, onde bebeu pouco e jogou muito. Cerca das dez horas, monta o cavalo e toma a Estrada do Engenho

Velho, passa em frente à Cadeia Nova e vira no Caminho do Catumbi, para logo entrar pela servidão, depois de cruzar a chácara dos ingleses.

Para ficar longe das senzalas, amarra o animal atrás do cemitério, na subida do sítio abandonado. A pé, atravessa a propriedade. Os cães não latem, porque o reconhecem, porque ele viveu ali por algum tempo. E ele sobe para o quarto da prima, que tinha deixado aberta, de propósito, a janela.

Os dois conversam; ela começa a se despir; ele tem o impulso de colocá-la de quatro sobre a cama; e se livra do mínimo para entrar com força dentro dela. Dominadora, todavia, ela o expulsa; e o arrasta até o sofá — para montar em cima dele. É quando percebem o movimento na casa: ele pula a janela e corre pelo quintal, ladeando o cemitério, para alcançar a servidão.

Transcorre um tempo razoavelmente longo; e o coronel faz fogo. Mira um vulto que corre na direção da cadeia, direção oposta à tomada por Tito. É outra pessoa que foge. Naquele preciso instante, Tito Gualberto está escondido ao lado do cavalo, no caminho do sítio, sem compreender os disparos, esperando apenas todo aquele movimento cessar para ir embora.

Segundo relação do próprio Chico Eugênio, escravos, vizinhos e até os guardas da Cadeia Nova se envolvem na busca desse segundo invasor, assassino de Domitila, que fugira pela chácara dos ingleses.

Se as normas da novela policial se reproduzem mesmo na vida, como querem os teóricos, devemos deduzir que Tito sai do esconderijo exatamente nessa ocasião, quando os perseguidores do assassino tomam a direção da cadeia e continuam avançando pela Rua da Sentinela, que vai dar na cidade.

Logo, Tito Gualberto escapou pelo caminho oposto, pelo outro único caminho possível, naquele tempo: o do Catumbi, descendo até a ponte do Rio Comprido e voltando a subir pela Rua do Bispo, até pegar a Estrada do Engenho Velho.

Passou, assim, pela frente do cemitério, pela Cova da Onça, pela ponte do Rio Comprido. Da Estrada do Engenho Velho, não se arriscaria a retornar à cidade, porque cruzaria de novo a porta da cadeia, onde haveria gente alerta. Volta, portanto, à estalagem de onde havia partido, no Largo da Segunda-Feira, fechando o círculo de cinco pontas.

À meia-noite, quando já pode distinguir a hospedaria, vê um vulto, uma sombra, um espectro no fim da estrada. As velhas insistiam muito nesse ponto, como um signo de mau presságio: Tito Gualberto teria defrontado o célebre fantasma que assombrava o largo.

Não nego essa possibilidade; mas me permitam, contudo, uma versão alternativa, ou complementar: o que Tito vê, naquele largo, exatamente à meia-noite, é o espírito da própria Domitila. Mal teve ingresso no mundo dos mortos — e já o espera em plena encruzilhada.

Largo da Segunda-Feira

Para grande parte dos cronistas do Rio de Janeiro, o nome Largo da Segunda-Feira *se deve a um assassinato ocorrido nesse lugar, no mencionado dia da semana. O evento dataria de fins do século 18. O povo, devoto, levantou então uma cruz em memória do morto, no ponto preciso onde o crime ocorreu.*

Não pode, infelizmente, ser verdade: até meados do século 19, mais precisamente até o ano de 1854, o logradouro ainda levava o nome antigo de Largo das Antas.

Tal denominação, hoje esquecida, alude a uma conhecida lenda indígena sobre duas mulheres, mãe e filha, seduzidas e raptadas por homens da tribo das antas, disfarçados em peles humanas.

E viveram anos na aldeia das antas, que ficava à margem do Rio Catumbi. Apesar de terem conseguido escapar, foram ambas flechadas pelos próprios maridos, enquanto passavam pelo lugar onde se situaria o largo. Parece que, depois de tanto tempo de cativeiro, tinham tomado a forma dos seus sedutores.

A anta, ou tapir, é para os índios brasileiros um símbolo do vigor sexual. Parece que o coito das antas é um espetáculo de extrema violência. Tanto da parte do macho quanto pelo lado da fêmea. Nos mitos, o tapir geralmente desempenha o papel de sedutor ou estuprador. A anta fêmea, por sua vez, representa a mulher libertina, adúltera, ou insaciável.

Como o leitor verá, apesar de substituído, o primitivo nome ainda mantém, sobre o lugar, o seu influxo semântico.

2

> *Na teoria parakanã,*
> *mortos não cantam.*
> *Mortos estão mortos,*
> *e... não se pode domesticá-los.*
>
> Carlos Fausto:
> *Inimigos fiéis.*

Há uma célebre cópia de um desenho de Rugendas que representa a "dança de guerra", um combate entre capoeiras do Rio de Janeiro: são dois lutadores, cercados por uma plateia de dez pessoas, dez escravos — se se atenta para a circunstância de todos os pés ali figurados estarem descalços. Um deles, de faca na cinta, bate palmas; outro (estranhamente) parece estalar os dedos; um terceiro, com o chapéu na mão, recebe um prato de comida de uma quitandeira agachada. Há outra mulher ao lado dela; e ambas têm colares. Não se pode afirmar que sejam joias, todavia.

Mas outra mulher, com um cesto de frutas na cabeça, fumando placidamente o seu cachimbo, usa brincos dourados e uma gargantilha que não parece ter sido feita de miçangas.

Ela está à direita do homem que bate tambor, único instrumento musical naquela roda. Esse ritmista (descalço como os outros) está no entanto elegantemente vestido: camisa branca com babados, fechada até o pescoço, chapéu de dois bicos e delicados brincos, também dourados.

Gente descalça usando brincos, cordões, medalhas, anéis e pulseiras, cujas cores sugerem, pelo brilho, serem de ouro ou prata, não são incomuns na iconografia carioca. Debret, por exemplo, pintou no Rio de Janeiro o rosto e o colo de mulheres de diversas nações, destacando a majestade dos penteados e a exuberância das joias. Desse mesmo artista é uma cena de casamento de escravos, onde se percebe que as noivas ostentam brincos de prata. E há outras figuras, como as africanas de seios nus, de Carlos Julião; ou as quitandeiras de Chamberlain e Guillobel — todas adornadas com colares de ouro.

Mas não é só isso: há testemunhos escritos de viajantes que se surpreenderam com o fato de muitos cativos, no Rio de Janeiro, portarem adereços de metais preciosos.

Existia mesmo, na cidade, um grande mercado clandestino de joias, muitas vezes roubadas, em que os escravos aplicavam os ganhos de seu trabalho extra, funcionando como uma espécie de poupança. Para evitar que os senhores confiscassem essa riqueza, as peças mais caras eram depositadas nas diversas irmandades de africanos, crioulos e pardos — só retiradas nas ocasiões de festa, para logo serem devolvidas. As próprias irmandades também atuavam nessa praça, comprando e vendendo pedras e metais, e aplicando o lucro na alforria de seus membros.

Tito está precisamente no Campo da Aclamação, onde um mercado desses funciona. É terça-feira, dia seguinte ao da sua visita ao Catumbi. Desde a tarde anterior, quando esteve no Largo do Rosário e na Igreja de Santo Antônio dos Pobres, procura os pingentes e pulseiras de Domitila, que o coronel lhe descreveu. Nesse momento, se aproxima discretamente de uma tenda de ciganos. É tudo muito colorido, muito espetacular. Os homens, de lenço, colete, camisa aberta, além dos brincos e anéis, apregoam todo tipo de mercadoria: perus, galinhas, arreios, boiões, talheres, gaiolas, tamancos, ferraduras. A um sinal, Tito é convidado a entrar.

Como fez antes, como fará depois, no Cais dos Mineiros, no chafariz da Carioca, na própria Rua dos Ciganos, pede para ver todas as peças à venda, revira, analisa, confronta metalmente cada uma delas com a descrição do coronel — e não acha nada.

O cigano, frio, paciente, está de braços cruzados. Parece ter começado a deduzir o que exatamente faz ali o seu "freguês". Mas não tem medo: não é a primeira, nem será a última vez que se depara com aqueles agentes secretos da polícia.

De repente, Tito escuta um ruído de passos femininos, às suas costas, já dentro da tenda. É uma cigana, mulher madura de uns quarenta anos, com uma vistosa mantilha vermelha e saias de diversas cores. Sem pedir licença, antes que Tito possa esboçar qualquer reação, puxa a palma da sua mão direita; e se concentra nela, para ler.

Surpreso, confuso, Tito então se volta para o homem — que pergunta apenas, com o olhar, se deve recolher a mercadoria. Tito esboça uma interrogação, mas é veementemente interrompido. Era a regra: não se pode falar, não se pode indagar, depois que a leitura começa. *Vejo uma ave pousada sobre a sua sombra*, ela diz, mais ou menos, encerrando a sorte. Sem compreender perfeitamente, Tito deixa na mão dela uma moeda. E sai.

A grande encruzilhada da investigação policial, especialmente quando o detetive não tem tempo a perder, consiste em decidir se deve obedecer ao método ou seguir uma intuição. Enquanto se infiltra no mercado de joias para identificar o repassador e rastrear o assassino, Tito Gualberto aplica o método. Mas sua intuição o leva a interromper de vez em quando essas batidas para rondar a vizinhança de certo casarão em São Cristóvão, na tentativa de surpreender o seu suspeito. Anda também por hotéis, aleatoriamente, com esse mesmo objetivo; mas os resultados que obtém são muito vagos, inconclusivos. Na verdade, não tem nada, nenhum dado concreto que oriente essa busca.

Na quarta-feira, tem a ideia de ir à estação das barcas, na Praia de Dom Manuel. É uma grande confusão de passageiros, carregadores, vendedores ambulantes de doces e jornais. Tito vai até os guichês para saber se há livros com nomes das pessoas embarcadas e a data das viagens. Os funcionários, no entanto, dão risadas: *Se fôssemos manter esses registros, teriam de aumentar o preço das passagens.*

Na quinta-feira, contudo, sua teoria ganha força, praticamente se confirma. É a missa do sétimo dia e Tito está na Igreja de Santa Cruz dos Militares, em pé, na área destinada aos escravos. Os parentes chegam. E também amigos íntimos e oficiais do exército. Observa com atenção o rosto de todos eles; estuda as reações, o modo como se cumprimentam; tenta captar o teor das conversas, simulando examinar as imagens das capelas. Evita apenas se aproximar de onde está o pai, Joaquim Custódio. Mas é reconhecido por Maria Eufrásia, que discretamente vem lhe dar um beijo. Volta, então, para perto da entrada, quando um burburinho entre os homens e a comoção das senhoras anuncia a chegada do coronel. Percebe Leocádia, que vem depressa até ele, com ímpeto de lhe contar alguma coisa. Mas não chega a dizer nada, a mucama: Tito vê com os próprios olhos o suspeito entrar em cena, caminhando pela nave na direção do altar.

Como o leitor adivinha, era Zé Higino quem entrava na igreja, amparando o coronel. E era Zé Higino que Tito andava procurando nos hotéis e em São Cristóvão, residência de seus pais. Era o nome do corretor que Tito esperava encontrar se a companhia das barcas registrasse os passageiros. Supunha, Tito, que Zé Higino já estivesse na cidade, na sexta-feira, ficando incógnito em algum lugar para forjar seu álibi — e aparecer depois, publicamente (como estava aparecendo agora), quando o crime já estivesse consumado.

Era essa a teoria: José Higino sabe que a mulher o trai; e concebe o plano de matá-la, durante a viagem de Chico Eugênio a Penedo, cuja data não ignora. Tem, naturalmente, a chave da única fechadura que se pode abrir por fora: a das grandes portas que dão acesso ao casarão.

Na sexta-feira, já está na cidade, hospedado em algum hotel; ou (menos provavelmente) na casa dos pais. Como Tito, chega ao Catumbi pouco depois das dez, hora segura, quando todos dormem. Entra no casarão; e vai até a biblioteca (porque a outra porta deve estar trancada pela tramela). Dali, percebe um homem no quarto da mulher; e escuta tudo o que se passa entre eles.

É afeito a grandes negócios, Zé Higino. Por isso, age com frieza. Quando Chico Eugênio volta, inesperadamente, mantém a calma. Pulando a arca, entra na alcova de Domitila, depois que o amante foge. Pensava em matá-la durante o sono. Mas tem, talvez, o impulso mau de humilhar a mulher. Sabe que, desmascarada, pega de surpresa, e sobretudo nua, com aquelas peças íntimas espalhadas pelo chão, não está em condições de fazer escândalo. É uma presa fácil, Domitila. E ele usa a almofada, precisamente como tinha planejado, para também sufocar os gritos. Pode esperar, depois, no próprio casarão, porque tem a noite inteira para fugir.

Zé Higino só não imagina que Chico Eugênio vá incomodar a filha, àquela hora. Quando o sogro bate na porta trancada, tem apenas o reflexo de apanhar a caixinha de joias, sobre a penteadeira, para simular um roubo. Por sorte, a janela está aberta. Por sorte, a noite prejudica a mira do coronel. E ele escapa pelo lado da chácara dos ingleses. Vai longe já, quando começa a perseguição.

Tito Gualberto só não consegue recriar a estratégia exata empregada pelo corretor para chegar e sair do Catumbi sem muitos riscos. Acha razoável, contudo, que ele tenha vindo a pé, deixando o cavalo ou um carro à espera em algum ponto distante da Rua da Sentinela. Afinal, se fosse visto, que fosse visto entrando naturalmente, pela porta da frente.

Restava, assim, para Tito, apenas uma dúvida importante: se Zé Higino o tinha reconhecido. Nem tanto pelo timbre da voz, nem tanto pelo teor do que falavam antes — mas não seria difícil que ele empurrasse um pouco uma das folhas da porta e esticasse o braço para afastar a cortina e avistar completamente o sofá.

Pior: havia ainda a possibilidade de ele ter escolhido especificamente aquela sexta-feira por denúncia de alguém de dentro da chácara — alguém que tenha seguido Domitila, surpreendido o encontro deles no cemitério e ouvido o que combinaram.

Tito Gualberto começaria a caçar José Higino. Podia já estar sendo caçado por ele.

Mas — quem era Zé Higino, na perspectiva de Tito Gualberto? Era um homem que gostava de dinheiro (o que não deixa de ser uma virtude), embora não saboreasse a vida. Tinha tirado o curso completo de comércio, fazia contas de cabeça, acompanhava as oscilações do câmbio, entendia de letras e hipotecas, dominava os bastidores das sociedades mercantis, estava sempre a par do que ocorria na praça, sabia exatamente que firmas prosperavam, quem estava à beira da falência. Era toda a sua área de interesse, o que lia nos jornais, o assunto da sua conversa.

Quando começa a segui-lo, na segunda-feira seguinte à missa do sétimo dia, Tito tem a oportunidade de se aproximar daquele primo, de conhecê-lo mais intimamente. Nesse período, contudo, cerca de duas semanas, predomina a mesma imagem: Zé Higino não bebeu, não jogou, não esteve com mulheres. Sua existência era monótona e diurna: saía da chácara bem cedo e se dirigia à Rua das Violas, onde tinha o escritório. Ia também regularmente ao porto e a encontros com representantes comerciais, voltando para casa sempre ao cair da tarde. E era só.

Houve apenas duas exceções nesse padrão: um almoço longo, e bastante tenso, com o médico Evaristo Machado, numa velha tasca do Beco das Cancelas; e uma visita a um obscuro sobrado do Largo do Capim, onde entraram também outras pessoas. Esse é o dado que nos interessa.

O Largo do Capim, ponto de venda de forragem, onde também se costumava levantar a forca, ficava nas proximidades das velhas igrejas de São Domingos e São Pedro, demolidas para dar passagem à Avenida Presidente Vargas. Era então uma área controlada pela poderosa malta dos gigoias, que estendia seu domínio por Gamboa, Valongo, Saúde e Santa Rita, chegando às vezes a alcançar a Candelária — zona constantemente disputada por gigoias e alafins.

Antes de segui-lo até o largo, antes de invadir o centro do território inimigo, antes de desvelar um lado oculto na personalidade de Zé Higino, Tito o espreita, como vinha fazendo há dias, na esquina da Rua das Violas. Vê sair uma mulher, uma mocinha, do prédio onde trabalha o corretor. Não a tinha visto entrar: não sabe, portanto, quanto tempo esteve ali; não pode sequer inferir que esteve com o seu suspeito. Mas não deixa de observá-la, não deixa de seguir o protocolo, como faz com todos que entram e saem.

E a moça passa; a tarde cai; mas Zé Higino fica. Tito chega a supor que ele tivesse saído mais cedo, que o houvesse despistado. Passa das sete, quando o vê descer. Então, a surpresa: em vez de voltar ao Catumbi, vai ao Largo do Capim, para entrar no obscuro sobrado onde entraram também outras pessoas.

Como afirmei, o largo era o centro do território gigoia: Tito não pode ficar por muito tempo observando o movimento do prédio sem o risco de despertar suspeita, de chamar a atenção de um capoeira rival. Além de um cortiço e outras casas velhas, há no entorno um armazém de molhados; um zungu (misto de hospedaria e casa de pasto para escravos); uma botica; uma tenda de rapé; uma loja de sacos, panos e estopas; um ferrador, que também vende arreios e amola facas; e uma taberna escura, com rótulas em vez de janelas, onde se bebe vinho em canecas de latão. É esse último estabelecimento que Tito escolhe, intuitivamente, para esconderijo.

E tem sorte, porque a casa está vazia: ao lado da porta, um sujeito solitário, debruçado sobre uma mesa meio bamba, devora um prato de fígados fritos com farinha e batatas cozidas. Atrás do balcão, no fundo da loja, um homem, provavelmente o dono, só de camisa, com as mangas arregaçadas, atende a outro freguês.

Tito avalia rapidamente os tipos; e arrisca o balcão. Pedindo uma pinga de aguardente, pergunta se ali, naquele largo, mora um senhor fulano de tal. Como esperava, ambos respondem que não. Mas Tito insiste: quer saber se têm mesmo certeza, se não seria a casa do fulano aquele sobrado de esquina, como lhe fora indicado por um transeunte. O taberneiro está convicto: no referido sobrado reside outra pessoa. E deixa subentender, pela modulação da frase, que não simpatiza com aquele vizinho.

É a oportunidade de saber um pouco mais: Tito insinua algo sobre mulheres, sobre essas casas aonde vão atrizes. O taberneiro, contudo, dá uma risada, balançando a cabeça; e o freguês, já num tom soturno, confirma a negativa: *antes fosse* (teria dito). E acrescenta, baixando a voz e esbugalhando os olhos, que o sobrado é uma espécie de maçonaria onde se reúnem praticantes de magia negra, de gente que se comunica com espíritos.

E é isso que espanta, quase assombra Tito: o envolvimento do corretor com o espiritismo. O sobrado do Largo do Capim rompia de maneira radical a imagem do homem prático, do homem que gostava de dinheiro, embora não saboreasse a vida.

E Tito volta ao largo uma semana depois, aproveitando que Zé Higino, nesse dia, cumpre a rotina e toma a direção do Catumbi ao deixar a Rua das Violas. É a hora de saber o que se passa exatamente no sobrado.

Conheço a estratégia que empregou, porque é a mesma que eu conceberia, num caso similar. Uma sociedade como aquela, de natureza esotérica, em meados do século 19, não iria permitir entrada franca; teria de manter certo grau de reserva, de discrição. Admitiria convidados, pessoas indicadas por outros frequentadores. Afinal, a fé oficial, a religião do imperador, era a católica.

Sabia disso, Tito Gualberto. Por isso, chega ao Largo do Capim em seus melhores trajes. A navalha está oculta sob a casaca. Nota que, na porta do sobrado, está um tipo que recebe e cumprimenta os que sobem. Mas não parece ser um guarda-costas, um capoeira como ele.

São sete horas da noite. Tito passa diante do homem, fingindo procurar um endereço; e avança, deixando o sobrado para trás, como se não fosse aquele o prédio certo. Continua pela rua, simulando a mesma busca. E volta, pouco tempo depois, sobre os próprios passos, como quem acaba de chegar a uma conclusão.

Está agora diante do sujeito. Tem no rosto uma expressão de desamparo. A voz imita a dos tímidos, ou a dos covardes. Toda a sua atitude é constrangida, age como se estivesse coberto de vergonha. E indaga, antecipando as desculpas, se não é ali, naquela casa, onde ocorrem "sessões". Menciona, vagamente, certa parenta, deixando escapar um sobrenome; diz que é falecida; que foi sua protetora; que sonhou com ela; e com aquele lugar. Pede, enfim, para ser admitido.

Nem chega a terminar a frase — e o homem se afasta, dando acesso pleno ao sobrado. No térreo, duas portas fechadas e uma escada em ângulo reto. Tito não vê mais ninguém. Entende, assim, que deve subir.

Em cima, na parede da escada, sobressai um crucifixo. Aquilo tudo é muito novo para ele: a sala repleta de gente; ao centro, uma mesa redonda de três pés (como três cabos de guarda-chuva), com um pequeno e rústico castiçal de barro, de duas velas; filas duplas de cadeiras, uma à esquerda, outra à direita; e uma grande cortina branca, ao fundo, estendida de um canto a outro, onde tremulam sombras, o que vem dar à cena um ar fantasmagórico.

Quase não há lugares vagos. Tito consegue se sentar na ponta de uma das filas, do lado da escada. Tem sorte, porque a sessão ainda não começou. Repara que são pessoas bem-vestidas. Mas ninguém conversa. Pesa sobre todos uma grande expectativa. É quando uma das pontas da cortina se ergue; e um pequeno grupo entra, solenemente: dois homens, duas mulheres.

A mais moça das mulheres, toda de branco, se senta de costas para a cortina. As outras três personagens puxam cadeiras em torno dela. Será ela, percebe Tito, o epicentro do espetáculo. Mas um dos homens, de barbicha e costeletas, antes de sentar, se dirige à plateia. Fala em Deus. Fala em Jesus Cristo. Critica a resistência da Igreja romana em admitir o progresso científico. Faz uma breve introdução às teorias magnéticas; explica como se dá o fenômeno do sonambulismo, a atuação de um espírito numa pessoa viva; menciona experimentos com sonâmbulos em Nova Iorque, Paris, Londres e Buenos Aires. E pede concentração, pede que fiquem todos de mãos dadas, enquanto pensam em seus entes queridos, naqueles que se foram; e puxa enfim uma oração convencional, uma oração católica.

Como está na ponta da fila, Tito aperta a mão da mulher que se senta à frente. Murmura a reza, acompanhando os outros. A maioria está de cabeça baixa e pálpebras fechadas. Ele mantém, contudo, os olhos abertos. Procura observar os mínimos movimentos. E observa, em torno da mesa, que todos têm as mãos espalmadas, na direção do castiçal. De repente, as velas se apagam. É quase tudo um breu. A escassa luz que entra vem do vão da escada e permite que se enxerguem apenas vultos.

Maravilhado, Tito vê a mesa levitar; e percebe, pelo timbre da voz, que a moça entrou em transe. É ela, certamente, quem profere palavras meio desconexas. Os outros três começam, então, a interrogá-la, exigindo que se identifique (pois se trata agora de um espírito). A assistência se agita, as mãos se soltam, todos estão agora de olhos vidrados na sonâmbula, ou no vulto dela, que se estorce e treme, sem parar de falar.

Ora, fenômenos como aquele podiam ser novidade em Paris e Nova Iorque, mas não eram incomuns no Rio de Janeiro. Tito já tinha visto espíritos incorporados; mas não com aquele rito, não daquela forma tão cercada de mistério, como se fosse algo sobrenatural. Embora esteja impressionado (particularmente por causa da mesa), não perde o instinto da investigação. Mantém o controle sobre todo o ambiente, tenta descobrir alguma fraude. É quando sobrevém o impossível.

Mais atento ao caso inédito de levitação de que está sendo testemunha (e cuja conexão com a baixada de um espírito não consegue estabelecer racionalmente), Tito não escuta a sonâmbula se manifestar, revelando a identidade de quem a possui. Só se dá conta disso quando o homem da barbicha insiste, em voz alta, que o espírito repita claramente, para que todos ouçam, para que alguém entre os presentes o reconheça e se identifique.

O corpo da sonâmbula, então, estremece; a mesa despenca, o castiçal se espatifa; e ela desmaia, derrubando a cadeira quando cai de costas, logo depois de articular um nome: *Domitila*.

Para compreender o Largo do Capim é necessário retomar cenas passadas num outro largo, epicentro do mito que o romance narra: o Largo da Segunda-Feira.

Sabemos que Tito Gualberto encontrou casualmente Leocádia perto da ponte do Rio Comprido, onde ela costumava quarar a roupa branca dos senhores. E que depois, por arranjo da mucama, reviu Domitila pela primeira vez desde quando entrou no seminário, nos fundos da chácara, onde a prima também era proibida de passear.

E que, por fim, esteve mais uma vez com Domitila, e só com ela, no cemitério, quando tramaram a traição da sexta-feira, 13 de janeiro.

Ora, nessa noite, antes de ir ao Catumbi, Tito esteve no Largo da Segunda-Feira, bebendo e jogando na estalagem que existia ali. Não foi uma casualidade. Não foi também completamente casual a circunstância de ter se deparado com Leocádia perto da ponte do Rio Comprido.

A presença de Tito naquela área, a área do círculo de cinco pontas, decorreu diretamente de sua condição de polícia secreta: porque era ali, naquela zona, onde operava uma poderosa quadrilha de aliciadores, de falsos protetores de escravos fugidos — escravos que, depois de pagarem pela "proteção", eram ludibriados e revendidos para fazendas do interior, carentes de mão de obra desde a proibição definitiva do tráfico atlântico, em 1850. Um crime hediondo, como se vê.

Tinha suspeita, Tito, de que era exatamente naquela estalagem que os fujões ficavam escondidos, até serem conduzidos pela Serra da Tijuca e pela Baixada de Jacarepaguá, até atingirem Guaratiba, de onde iam por mar a Paraty.

Naquela noite, Tito confirma a tese, reconhece rostos que tinha gravados na memória. Bebe pouco, apenas para disfarçar. E joga muito, pelo mesmo motivo. Só não esperava ganhar tanto, embora ganhasse sempre, embora fosse aquela sua rotina como jogador. Quando dá dez horas, tem de se preparar para deixar a mesa. Não pode perder de propósito: seria uma sentença de morte. Anuncia, então, que está na última parada. Joga alto; mas ganha de novo. Enfim, levanta; tem de levantar, porque Domitila o espera.

É um momento crucial para a trama do romance: Tito percebe a animosidade, a raiva, o ódio dos parceiros. Não é bonita, não é sobretudo ética a atitude de sair tão cedo, quando se está ganhando tanto. Não tem, todavia, alternativa: Domitila já tinha aberta a janela.

Quando dá as costas, um sujeito qualquer, ameaçador, que sentava antes em outra mesa, que não tinha aparentemente nada a ver com o jogo, se interpõe de propósito entre ele e a porta, provocando um choque. Tito quer tomar satisfações. O dono da estalagem, todavia, o contém. Todo o ambiente lhe é, naquele momento, hostil. É quando tem uma ideia apaziguadora, providencial: declara, em voz alta, que vai depositar o lucro do jogo com o estalajadeiro, porque pretende retornar, pretende voltar a jogar, naquela ou em outra noite. E conta o dinheiro à vista de todos.

Conhecemos o resto da história: o modo como chega ao Catumbi, o que acontece no quarto de Domitila, a fuga pela janela, os tiros de revólver, a cavalgada de retorno ao largo por uma rota que completa o círculo de cinco pontas.

Na Estrada do Engenho Velho, o cavalo parece apertar o galope à medida que se aproxima da estalagem. Tito, então, avista o prédio. E esse é um instante crucial: porque quase todas as fontes coincidem ao afirmar que Tito vê uma sombra, um espectro, o fantasma que domina o largo.

Dois relatos, no entanto, têm um teor mais realista: o que Tito vê, na verdade, é um simples vulto, provavelmente um animal de grande porte, que se move nas trevas. Teria, por isso, puxado as rédeas do cavalo, para se precaver. De repente, contudo, a aparição se esvai.

O leitor ainda entenderá a importância desse pormenor. Por ora, vale sublinhar o que há de comum em todas as versões: Tito não vê uma pessoa. Fantasma ou bicho, vê uma coisa que não é humana.

Estamos de volta, então, do Largo da Segunda-Feira ao Largo do Capim. É o momento em que a sonâmbula está caída, desmaiada: pessoas vão socorrê-la, enquanto outras acendem velas, candeeiros, levantam a mesa e varrem os estilhaços do chão. Há uma grande agitação, um grande rumor de vozes, toda a plateia comenta o caso inédito da queda súbita da mesa. É quando o barbicha pede calma e pergunta se há alguém na sala que conheça uma finada chamada Domitila.

Tito pressente que é a hora de aproveitar a confusão, a excitação que toma conta dos presentes, para sair. Não pode se expor, apesar da profunda dúvida que o incidente lhe imprime. E é justamente quando se levanta, e tem de pedir licença a um grupo de mulheres para alcançar a escada, que reconhece um rosto — o rosto da moça que saiu do prédio de José Higino, na Rua das Violas, no dia em que seguiu o corretor até aquele sobrado.

Tudo se passa muito rápido: Tito mira intensamente o semblante simpático e solícito da moça, que se afasta, como as demais, para lhe ceder passagem. Não tem dúvida, não pode ter dúvida, não fosse ele um excelente detetive. Era ela mesma: a moça que (agora deduz) tinha estado com Zé Higino no escritório antes de novamente se encontrarem no Largo do Capim, uma semana atrás.

Havia, portanto, uma mulher. A história começava a se fechar sobre si mesma. As coisas adquiriam nexo, sentido, fundamento. A espécie continuava essencialmente a mesma. O princípio se confundia com o fim.

Imerso nesses pensamentos, Tito deixa o sobrado e atravessa o largo, na direção da Candelária, onde tomará o bonde para o Largo do Rossio. Leva a primeira lambada na Rua do Sabão: um indivíduo surge de repente e aplica nele uma rasteira. O golpe lança Tito no meio da rua. Ele rola sobre o próprio corpo, de propósito, para ganhar espaço, enquanto puxa a navalha. Mas já está cercado: são agora quatro contra um.

Acostumado àquele tipo de confronto, investe ao acaso contra um dos oponentes, tentando o rasgo à bandoleira; mas cai de novo, atingido por trás, com uma tesoura. O terceiro adversário pisa a mão de Tito, que tem de soltar a arma, dele afastada com o pé pelo agressor. Ao mesmo tempo, o quarto homem acerta nele uma racha na altura do baço — e Tito se estorce no chão, já sem nenhuma possibilidade de defesa.

É um momento sublime, é a hora solene da morte — que não vai, que não pode acontecer, como o leitor intui, pois o romance tem ainda muitas páginas e nenhum protagonista morre no começo. Surge, assim, um elemento imprevisto: o inspetor do quarteirão, que faz regularmente a ronda, vê de longe a cena; e apita várias vezes, alertando os guardas. Os capoeiras, os homens que atacaram Tito, imediatamente se dispersam, engolfados pela noite cúmplice do Rio de Janeiro.

Apesar dos tombos, apesar das pancadas, Tito Gualberto também foge, sinuoso e veloz — como uma cobra.

Se um inspetor de quarteirão cruzasse a esquina da Rua da Vala com a das Violas, ou descesse a dos Ourives passando pela mesma transversal, às duas horas da manhã do dia 15 de fevereiro de 1854, teria notado um vulto de capuz e sobrecapa, com o corpo quase colado à porta de um sobrado, de costas para a rua, em atitude suspeita.

É exatamente o que sugere a cena: o homem força a porta, destrava a fechadura com uma espécie de gazua, ferramenta cujo simples porte configura crime. O leitor talvez me aponte agora uma contradição, por eu ter afirmado, páginas atrás, terem sido raras, no Rio de Janeiro dos meados do século 19, as invasões de domicílio. Disse mesmo que eram raras: não disse que fossem inexistentes.

Ora, há mais de quatro mil anos, quando os antigos egípcios inventaram a ficção, a arte narrativa tem seu fundamento no princípio da excepcionalidade. Os narradores egípcios (como seus sucessores imediatos do Oriente Médio) só se ocupavam do que fosse incomum; só contavam histórias extraordinárias. E disso decorre uma segunda característica: não pode haver literatura, no sentido mais essencial do termo, se se prescindir do Mal. Porque o Mal é a exceção; o Mal é o Outro — elemento contrastivo necessário que cria em nós a noção de humanidade.

Mas veremos isso melhor no fim do livro. Cabe agora voltar ao nosso invasor, ao bandido execrável que penetra no sobrado da Rua das Violas. De uma bolsa que traz sob a capa, tira fósforos de cera e uma vela, que acende e assenta num minúsculo castiçal em forma de xícara, preocupado em não deixar nenhuma espécie de rastro.

Trata-se de um prédio comercial, com vários escritórios. No segundo pavimento, identifica certo gabinete, pelo nome gravado na placa presa à porta. Começa, então, uma busca meticulosa. Vasculha gavetas, revira o conteúdo dos baús, olha por trás das muitas caixas de documentos que entulham as estantes, chega mesmo a arrastar os móveis, a procurar debaixo do tapete. Não encontra, não existe o imaginário cofre.

Intrigante, aquilo. Da papelada que bem por alto se dispõe a ler, tudo envolve dinheiro, tudo são grandes cifras, verdadeiras fortunas. Mas não há sequer uma moeda à vista, um mísero vintém. Inconformado com o fracasso, tem, então, uma ideia simples, uma ideia alternativa, para talvez chegar ao que procura, por outra via.

A correspondência comercial era arquivada, primeiro, em caixas indexadas ao ano da expedição. Dentro delas, a classificação se fazia segundo o remetente. O invasor (acho que já não resta dúvida de que se trate de Tito Gualberto no escritório de José Higino) começa a ler cartas datadas de janeiro do ano corrente. E, numa delas, se depara com o espantoso excerto: *Não demoramos mais de 24 horas*

*para tomar nossa decisão. Nosso representante, o senhor...,
estará na Corte em duas semanas. Tem ordem para aceitar
as vossas condições...*

Isso vinha datado de Piraí, a 12 de janeiro de 54. Se as condições do negócio foram propostas pessoalmente pelo corretor no dia anterior ao da carta (como o texto indica), Zé Higino não teria chegado ao Rio de Janeiro na sexta-feira do crime, mesmo deixando Piraí no próprio dia 11.

A empreitada de Tito, assim, fracassava totalmente: não havia achado as joias de Domitila; e acabava de encontrar um indício forte, quase uma prova, de que não tinha sido Zé Higino o segundo homem a fugir pela janela.

Cansado, arruma as caixas, sem deixar vestígios de que foram remexidas; e se senta na cadeira do rival. Pensa na emboscada da Rua do Sabão. Suspeita de que tenha sido serviço encomendado pelo corretor. Tem certeza de que Domitila foi denunciada, ou deixou que a história escapasse e chegasse ao conhecimento do marido. Está muito incomodado com o fato de ser agora o único dentre os dois a se tornar alvo legítimo de uma vingança, de ser o único a ter de fato cometido um crime — ainda que fosse trivial, o crime de adultério, sem o qual se torna inconcebível a própria cidade do Rio de Janeiro.

Assim, embebido nesses pensamentos, abre casualmente o livro contábil que está na mesa, bem à frente. É nada menos que o livro-diário, com a escrituração minuciosa de toda a movimentação realizada pelo corretor. Tito folheia as páginas, instintivamente, quase aleatoriamente, procurando os lançamentos próximos a 13 de janeiro.

E a tese "Zé Higino" desmorona de vez: no dia 18, véspera da missa, está lançada uma despesa de 180 réis com uma passagem de barca, de Niterói para o Rio de Janeiro.

Os cães, contudo, não latiram.

Portanto, não tendo sido o corretor, o segundo homem a pular pela janela é alguém muito íntimo da chácara, talvez até mesmo um dos escravos. Zé Higino deixa de ocupar o papel de assassino, mas pode ainda figurar no de mandante. Afinal, Domitila o traía. E ainda há a moça (que também era bonita), presente tanto no sobrado do Largo do Capim quanto no escritório da Rua das Violas.

É no que pensa Tito enquanto se dirige à firma de seguros de Francisco Eugênio, na Rua Direita. Vai fazer o seu primeiro relatório. Pretende, no entanto, restringir sua ação às batidas efetuadas nos pontos de venda de mercadorias roubadas, às investigações nas irmandades de pretos, aos contatos feitos com ladrões, traficantes e usurários. Dirá que não tem rastro das joias. E que já não espera encontrá--las. Precisa sustentar a tese do latrocínio. Não pode dizer que o assassino entrou no casarão enquanto ele mesmo estava no quarto com Domitila. Não pode dizer que dois homens fugiram pela mesma janela, um logo depois do outro. Não pode sequer lembrar ao coronel que os cães não latiram, pois o segundo homem a fugir testemunhou a cena entre ele e Domitila. Não pode lançar suspeitas contra Zé Higino, porque (sendo o corretor provavelmente o mandante) agora também sabe o que se deu naquele quarto.

Tito, contudo, não chega sequer ao fim do que planejou dizer: o coronel o interrompe, a voz nervosa, a expressão congestionada, os gestos bruscos e irritados. Manda que Tito esqueça as joias. Não é, segundo ele, a melhor estratégia: um ladrão inteligente pode esperar até um ano para se desfazer da coisa roubada.

E surpreende Tito: quer que o sobrinho volte a frequentar a chácara. Já preveniu os escravos dessa decisão. Pede apenas que evite se aproximar de Zé Higino. Precisa que investigue os escravos, com extrema discrição. Quer saber com quem Domitila se relacionava, a quem visitava, quem lhe fazia visitas, se recebia ou escrevia cartas. Quer conhecer todos os passos da filha. Saberá o que fazer depois, com tal informação.

E Chico Eugênio não diz mais nada. Seu constrangimento é evidente. Não alude, não sugere que Domitila esteve proibida de sair de casa ou mesmo de passear pela chácara, à exceção do jardim onde podia ser vista. Tito intui, deduz que o coronel também não acredita na tese do latrocínio. Sabe, o coronel, que se trata de um crime passional.

Chico Eugênio lê aquele pensamento no rosto do sobrinho. Está imensamente envergonhado. Inventa, de improviso, uma desculpa péssima, de que as joias podem ser usadas para chantagear um membro da família. Daí o roubo. Daí ter certeza de que foi alguém das relações familiares. Mas não dá pormenores.

Tito percebe que ele mente. Com delicadeza, então, decide mencionar a moça que viu sair do escritório de José Higino. Apenas para medir o efeito. O coronel chega a sorrir. Não dá importância ao fato. Não crê, portanto, que possa ter sido o genro. Para Chico Eugênio, o assassino é um amante. Outro amante. Um outro amante, que tivesse sabido de um terceiro amante, talvez um dos rapazes dos saraus de Ana Felícia. Em que tipo de mulher tinha se transformado Domitila?

Na rua, andando na direção do cais, para rever amigos e beber nas tascas, Tito Gualberto rearranja as peças daquele estranho jogo. Há uma misteriosa incoerência na atitude do coronel: se ele próprio suspeita de que a filha tivesse amantes, como não supor, apenas por hipótese, que o genro poderia ter matado, ou mandado matar, movido pelo ciúme? Que dados teria o coronel para pensar daquele modo?

O caso ganha todo um novo enquadramento, o número de suspeitos cresce; e Tito sente que perde o controle. É quando lhe vem à lembrança a boa imagem de Leocádia: foi ela a mucama preferida de Domitila. E era amiga dele, Tito. Mais que amiga, como o leitor compreenderá. Se há algo a descobrir, se resta ainda algum mistério, ela certamente saberá dar pistas.

Mas essa boa imagem se quebra, de repente. Tito Gualberto tem, pela primeira vez, uma visão completa da cena do crime. Resistiu inconscientemente a ela, porque era Leocádia. Mas Leocádia Henriques, na verdade, sabe tudo. Leocádia sabe quem matou Domitila: porque os cães, de fato, não latiram. Todavia, quem quer tenha sido, essa pessoa íntima da chácara não tinha chaves.

Foi necessariamente Leocádia quem abriu a porta, ou uma janela, para o assassino entrar.

Ponte do Rio Comprido

Dizem que é do século 18 a ponte antiga que transpunha o Rio Comprido, na altura de onde seria aberta, cerca de 1840, a Rua do Bispo; rua essa que desembocava na Estrada do Engenho Velho — permitindo, assim, a existência do nosso círculo de cinco pontas, centro geográfico do romance.

Esse lugar onde se construiu a ponte tem também sua lenda, uma lenda indígena bem conhecida, a da mãe da cobra. Versa sobre uma mulher que ficou grávida de uma serpente aquática, enquanto tomava banho naquele ponto do rio. E o filho, que era uma cobra, para não ser morto pelos parentes humanos da mãe, costumava se esconder dentro da vagina dela.

Parece ser, esse conto, mais uma das inúmeras variantes do mito universal de Édipo. Mas há um traço nele caracteristicamente ameríndio: o ambiente aquático. Em quase todas as tradições do continente, espíritos de rios e mares exercem um forte poder sexual, de sedução, sobre os humanos. São bem conhecidos, por exemplo, o mito do Boto e a lenda da Uiara, que não é exatamente uma sereia. E vale lembrar que o mesmo tapir (animal sedutor por excelência) é também profundamente associado à água, pois passa nela a maior parte do tempo.

Mares e rios são também cemitérios — ou calungas, para usar um conceito mais abrangente. Calungas são lugares de morte: e nas águas estão os náufragos, os afogados, os marinheiros cujos corpos são lançados nesse elemento. Muitos desses espíritos vêm depois a afundar navios, botes, jangadas, canoas. Porque (dizem os velhos) também detestam a solidão.

Tudo, no fundo das águas, é exatamente como aqui.

3

> *Ô Zé,*
> *quando for, quando vier:*
> *só não maltrate*
> *o coração dessa mulher.*
>
> Ponto de Seu Zé Pelintra:
> *anônimo do século 20.*

Estamos outra vez no Campo da Aclamação, entre tendas e barracas de uma feira de ciganos. A personagem em cena também é a mesma: Tito Gualberto. Não procura, no entanto, as joias roubadas de Domitila, como da outra vez: quer a cigana da mantilha vermelha — aquela que leu, ou tentou ler, a sua mão.

Já mencionei os ciganos outras vezes, em outros livros. Embora estejam no Rio de Janeiro desde os primórdios, é a partir de meados do século 17 que passam a chegar em grande número e a se inserir definitivamente na paisagem humana da cidade. Disse deles, especialmente, que são os introdutores da noção de sorte como qualidade concreta, física ou psíquica — equivalente à beleza, à força, à inteligência ou ao dinheiro, por exemplo.

Nessa acepção, o termo se aplica a campos distintos do saber, como a ética da malandragem, as artes da pernada e da briga de faca, os diversos sistemas esotéricos, as ciências divinatórias e as do carteado, ou mesmo a exegese onírica prospectiva para o Jogo do Bicho (que é vulgarmente chamada de *palpite* e não se confunde propriamente com a adivinhação).

Não será necessário escrever grandes tratados para demonstrar a proeminência dos ciganos na cultura da cidade: basta lembrar que fazem parte da mitologia carioca, compõem falanges de espíritos potentes, tanto nas linhas de Quimbanda quanto nas de Umbanda (consoante a codificação iniciada em 1908). É imenso o legado cigano em pontos riscados e cantados, onde predominam as mulheres — por serem elas, ciganas, inexcedíveis como quiromantes.

E é por tudo isso que Tito quer a cigana da mantilha vermelha. Foi ela quem lhe disse haver algo pousado sobre a sua sombra, quando esteve procurando as joias roubadas. Teve medo, daquela vez. Agora, não. Agora quer saber de que assombração se trata. Depois de o espírito de Domitila ter se manifestado na sonâmbula, acredita possa ser a prima. Talvez queira lhe dizer alguma coisa, talvez queira revelar o nome do assassino.

Não suponha o leitor que deixo a trama policial propriamente dita para revolver tormentos íntimos do protagonista. Seria um erro. Meu interesse é outro: o desejo de se comunicar com o espírito de Domitila é, para Tito Gualberto, apenas mais uma linha de investigação, tão cerebral como as demais. Tolo quem imagina que os mortos vão embora. Os mortos, na verdade, sempre voltam.

Enquanto passa entre as barracas, Tito é abordado pelos vendedores, que propõem toda espécie de mercadoria, todas as formas de barganha. Crianças pedem dinheiro e o seguram pelas calças. Quiromantes também o interceptam, tentam puxá-lo pelo braço, forçando, assim, a leitura da sorte e a consequente obrigação de pagar. Com esforço, sem perder a calma, ele se esquiva de todos os obstáculos, até alcançar a tenda onde esteve da última vez.

O homem, o receptor de ouro roubado, tem um olhar equívoco. Nunca está à vontade com agentes da polícia, mesmo cúmplices. Não consegue, contudo, se livrar da importuna visita antes que a cigana apareça e mande Tito abrir a mão direita.

É uma mulher madura, mas de uma beleza intrínseca, imanente, completamente imune à ação do século, que a mantilha vermelha pode apenas realçar. Tito sente o efeito daquele poder; e vacila. Não declara, assim, a razão de ter voltado. Não menciona a sonâmbula, não pronuncia o nome de Domitila. E dá a ela, cigana, uma perigosa (e traiçoeira) liberdade.

As mulheres se encantam pelo moço é aproximadamente a frase, a primeira, que ela deixa escapar. Tito se inflama. Chega a pensar que certo jogo se inicia. Mas a cigana continua, num tom severo, como numa acusação: *e o moço maltrata as mulheres*. Então, a imagem feminina que entra em cena, em sua mente, é a de Leocádia.

É outra, no entanto, a mulher que busca. O teor daquela sorte foge totalmente à sua intenção. Mas já não pode falar, não pode indagar, não pode interromper a leitura, sob nenhum pretexto. *O dinheiro do moço está no jogo*, acrescenta a cigana. *Melhor andar de noite que de dia*. São coisas que Tito sabe, que não o surpreendem. *O corpo do moço é fechado*. É quando começa, novamente, a se interessar pelo que diz a cigana. Só não calcula o desfecho: *vejo uma ave pousada sobre a sua sombra*.

Vou agora falar de Leocádia, a mucama preferida de Domitila. Mas, para chegar nela, no que importa saber sobre ela, são necessárias algumas considerações preliminares relativas à situação das senzalas na chácara do Catumbi.

Além do rol de escravos constante do inventário da propriedade (feito em 1869, em circunstâncias que não vêm ao caso), a fonte para a recriação desse lado mais obscuro do caso foram os relatos da própria filha caçula de Leocádia e Balbino: Carlota Ribeira, que foi cozinheira da minha avó e morreu com mais de cem anos, em 1976, numa vila de casas da Rua Uruguai, na Tijuca.

Segundo a memória de Carlota, os escravos da chácara moravam numa rua reta de dez casas, dez senzalas de pau a pique, sem janelas e sem divisórias, cobertas com piaçava. Eram cinco de cada lado, num traçado perpendicular à testada do terreno. No fim da rua, havia o balué, a casinha coletiva das necessidades.

Na fila direita, a primeira senzala era a de Catarino, de nação mina, que cuidava dos cães. Em frente, à esquerda, morava Elpídia, dessa mesma nação, que viera acompanhando Ana Felícia. Ao lado dela, dormia Tomé Ganguela, capataz, comprador, homem de confiança do coronel. Em frente a este, moravam a cozinheira Damiana Caçanje e a menina Rosa, crioula de sete anos que dava a comida dos porcos, galinhas e perus. Ao lado delas, na linha direita, ficava a casa da mucama Quirina e de outra menina, Antônia, que ajudava na cozinha. Pegada nessa era a senzala de Filomeno Mina, jardineiro. A terceira casa, na fila esquerda, era habitada por Galdino Caçanje e Domingos Monjolo: o primeiro cuidava especialmente dos cavalos; o segundo era seu ajudante, mas fazia também outros serviços. A quarta cubata abrigava Elesbão Inhambane, espécie de segundo capataz, que também fazia trabalhos de pintura, de carpintaria, consertava coisas e era outro protegido de Ana Felícia; e o moleque Hilário, nascido numa das chácaras vizinhas e logo adquirido pelo coronel. As últimas duas senzalas eram habitadas por quatro escravos, que exerciam as funções mais pesadas, as tarefas mais indignas; e cujos nomes (talvez por isso) a própria Carlota tenha se esquecido.

Havia ainda outro rapazola, outro moleque: Expedito Camundongo, pajem de José Higino. Embora fosse de nação, tinha sido trazido ainda muito novo, sendo todos os seus modos os de um autêntico crioulo. Com a mudança do corretor para o Catumbi, depois do casamento, resolveram acomodá-lo na senzala de Tomé Ganguela. E esse é o fato que melhor expõe o conflito, a luta de poder que dividia a rua.

Como se percebe, quanto mais perto do balué alguém dormisse, menos prestígio tinha naquela hierarquia social. Dormir sozinho, além de prestígio, indicava poder. O leitor verifica facilmente que apenas os escravos minas residiam em casas individuais. O comando da rua, na chácara, esteve sempre com os minas, esteve sempre nas mãos de Catarino. A chegada de Elpídia, com Ana Felícia, aumentou essa força. Não era, contudo, um poder reconhecido pelo casarão:

Chico Eugênio, como já foi dito, tinha em Tomé Ganguela o seu capataz. No princípio, Tomé tentou usar esse prestígio para fazer valer sua vontade nos conflitos de interesse surgidos na rua; mas não teve êxito: Ana Felícia apoiava sempre o partido de Elpídia, enquanto o coronel se omitia. Isso veio a provocar no comprador ressentimentos graves.

Ocorre então o casamento de Domitila e a chegada de mais um escravo, Expedito Camundongo. Tomé Ganguela imagina que o moleque de José Higino fosse morar com Filomeno, o jardineiro, que estava em condição inferior à sua. Mas se surpreende e se enfurece quando vê os trastes do pajem arrumados num canto da sua própria senzala.

Há uma forte discussão; Elpídia e Catarino o ameaçam; e o capataz decide recorrer ao coronel, alegando que tal imposição iria enfraquecer sua autoridade no interior do grupo.

Chico Eugênio, contudo, prefere ceder, mais uma vez, quando percebe a resistência feroz de Catarino. *Vocês, que são pretos, que se entendam* — pode ter dito, como desculpa. E Expedito foi morar com o capataz.

Mas quem eram, enfim, aqueles minas? A terminologia negreira assim designava os escravos embarcados no castelo de São Jorge da Mina (na atual república de Gana), designação essa que logo passou a se aplicar às pessoas oriundas de toda a região adjacente, mesmo que partissem de outros portos. Compreendia, portanto, diversas etnias da África

Ocidental, entre as quais estavam os célebres iorubás, ou nagôs, de quem herdamos a mitologia e a religião. Os minas da chácara do Catumbi, no entanto (e isso era assegurado por Carlota), eram de nação jeje — o conhecido povo dos voduns, temido em toda parte por serem exímios feiticeiros.

Teoricamente, Leocádia estaria num grau acima dos minas, não só por dormir no casarão mas por ser a única parda entre os escravos. Mas as coisas não eram bem assim, na prática: primeiro, porque ela só passou a ocupar o cubículo debaixo da escada depois que Domitila se transferiu, ou foi transferida, do quarto para o gabinete térreo; e também porque, contraditoriamente, o fato de ser a única parda atraía contra ela uma série de pequenos ódios, particularmente de Quirina, com quem tinha certa rixa desde que Tito fora morar no Catumbi.

E aí chegamos no ponto crucial: Leocádia gostou de Tito. E supôs que, sendo parda, teria mais facilidade de chamar sua atenção. Sonhou com um grande amor; que Tito pedia e Ana Felícia concedia a sua liberdade. Mas logo compreendeu a verdadeira natureza do ser amado — e cedeu ao poder dos minas, indo encomendar a Catarino um feitiço de amarração.

Foi humilhante, para ela, a recusa do feiticeiro. Também humilhante foi a cena em que recebe a reprimenda da senhora, porque Catarino espalhou a notícia pela chácara, de propósito. Pouco tempo depois, Quirina denuncia a excessiva intimidade entre Tito e a prima — o que constitui uma nova humilhação. Quando Domitila fica noiva de José Higino, prometem a ela, Leocádia, um marido: o guarda-costas dos Faria Leite, Balbino Ribeira, que (apesar de liberto) era africano, de nação cabinda.

Leocádia, naturalmente, não queria essa união: porque amava outro homem; porque, sendo parda, se casar com um africano lhe parecia uma degradação; e porque Catarino a proibira, secretamente, e sob ameaça, de aceitar o casamento.

Não pôde, contudo, desafiar a vontade dos senhores: muito bem-vestida, calçando até sapatos, recebe o sacramento com lágrimas nos olhos, cuja origem poucos sabem decifrar.

Catarino, todavia, não perdoa. E, algum tempo depois, Leocádia é pega de surpresa, no terreiro, e levada à força até o mina, que lhe aplica, ao lado de Elpídia, uma punição vexaminosa e exemplar. O teor desse castigo, lamentavelmente, não consegui descobrir. Parece, contudo, que ela teve de ficar completamente nua.

Leocádia se recusa a tocar no assunto. Balbino, no entanto, escuta rumores sobre o incidente. E vai tirar satisfações com Catarino. O primeiro é feroz; o segundo, cruel. Discutem os dois, asperamente. Fazem juras recíprocas de morte. Balbino, então, desaparece, supostamente foragido da polícia, depois de se envolver numa briga com soldados.

É nessa circunstância que Leocádia revê Tito, na ponte do Rio Comprido. Não preciso descrever os sentimentos prováveis dessa moça quando Domitila faz dela portadora de um recado para o primo; e, depois, quando testemunha o encontro deles, nos fundos da chácara.

Ocorre, então, o crime; e todos os fatos até aqui narrados. Tito vai, então, ao Catumbi, por sugestão do coronel, para obter entre os escravos informações sobre hipotéticos passeios da finada. E evita Leocádia, ostensivamente, quando a vê sair pela porta da cozinha. Faz isso diante de Damiana, de Elpídia, de Elesbão, de Antônia, até de Quirina.

Foi essa, sem dúvida, sua maior humilhação.

Diziam que Leocádia não tinha carta de alforria porque Catarino proibia o coronel de libertar seus pretos. A ambiguidade do pronome "seus" é intencional: na perspectiva de Catarino, os escravos da chácara eram dele.

Tinha, Catarino, aproximadamente a mesma idade de Chico Eugênio, de quem havia sido pajem, na juventude. Não exercia sobre ele uma ascendência moral ou afetiva, como, por exemplo, era a de Elpídia em relação a Ana Felícia: Catarino, na verdade, impunha medo. Fora assim, parece, desde sempre.

Mente privilegiada, prodigiosa, ainda adolescente obteve o cargo de bocono — título equivalente ao de babalaô entre os iorubás. Dispunha de um incrível talento para lidar com folhas: era quem fazia os abortos, tratava infecções, aliviava dores. Trabalhava habilmente todos os metais e dominava o fundamento do culto secreto dos mortos. Além do próprio idioma e da língua oficial do Império, falava o fula, o nagô, o hauçá e o francês. Conhecia um interminável repertório de cantigas; e era dono de uma voz antiga, arcaica, vinda das entranhas da terra. Talvez fosse essa sua maior habilidade: era cantando que Catarino enfeitiçava as pessoas.

Com tais elementos, deve o leitor achar estranho o fato de ser Tomé Ganguela — e não Catarino Mina — o primeiro capataz, o comprador, o homem de confiança de Francisco Eugênio. Embora eu mesmo tenha escrito o livro, não sei tudo. Presumo apenas. Creio que o próprio Catarino preferisse tratar exclusivamente dos cachorros.

Era uma paixão comum, os cães do coronel; ou seja, os cães de Catarino. Cães de caça, cães de predação. O mina passava quase o dia inteiro nos canis, adestrando, alimentando, acariciando aquelas feras. E de vez em quando saía com uma matilha deles, acompanhado apenas por Filomeno, ou pelo próprio Chico Eugênio, para caçar nas bandas da Cova da Onça.

Esporadicamente, todavia, quando Catarino proibia os escravos de irem até os fundos da chácara, e se enfiava à noite com Filomeno pelo meio das árvores, um ou outro desses animais aparecia morto, dias depois, no caminho do sítio abandonado, com a cabeça decepada. Nem mesmo Chico Eugênio ousava interpelar o mina a tal respeito.

Quando Tito Gualberto vai ao Catumbi e finge não notar a presença de Leocádia, inclusive na frente de Quirina, a primeira pessoa que decide interrogar é justamente Catarino.

O leitor talvez se surpreenda: Tito não pergunta se Domitila costumava sair a passeio, descumprindo as ordens do marido e do pai. Ou se recebia visitas de algum rapaz que costumava frequentar os saraus de Ana Felícia. Tito narra a Catarino a história da sonâmbula e os encontros com a cigana. E pede que ele jogue, que consulte os coquinhos, os dezesseis caroços de dendê que constituem o oráculo. É na qualidade de bocono, ou de babalaô, que Tito quer o depoimento do mina.

Catarino, que não despregava os olhos dos de Tito, tem uma súbita mudança de expressão. Como se um grande segredo acabasse de ser revelado. Por alguns segundos, algum problema grave ocupa seu raciocínio. Relaxa, enfim, todos os músculos do corpo. E ri. Diz não conseguir levar a sério uma história daquelas; que seus saberes, naquele caso, com aquele tipo de premissa, não teriam muita serventia. E manda, com um nítido desprezo, que Tito procure os "cabulas" (como se referia, genérica e pejorativamente, aos angolas e congos).

A resposta que você quer, filho, só os cachorros têm, só os cachorros podem dar. É com uma frase parecida que Catarino se despede: precisava dar comida aos cães da chácara. E era mesmo àqueles cães que ele se referia.

Catarino, então, se afasta, com passos duros, majestosos, para ver os cães. Tito o observa, de longe, ainda sem atinar completamente com o alcance da frase que acabava de ouvir. É quando Hilário sai correndo do canil, enxotado pelo mina, para escapar das pancadas. Tito não pode desperdiçar o dia; e assobia, indicando ao moleque a direção do pomar.

Cresceram os dois longe das mães. Talvez fosse a causa da afeição particular que tinha Tito por Hilário. A história é banal, comum naqueles tempos: com ciúme do marido, a senhora, uma das vizinhas do coronel, mandou vender a mãe de Hilário, e conservou o filho, para castigá-la. Pouco depois, Chico Eugênio comprou o moleque, como uma espécie de favor ao vizinho: a mulher, cismada de que Hilário fosse um bastardo do marido, não cansava de espancá-lo, sob qualquer pretexto.

E Hilário era um menino bom: gostava de brincar com os cachorros e de apanhar passarinhos, que criava em gaiolas escondidas entre as árvores. A coleção era grande: sanhaços, saíras, sabiás, chocas, choquinhas, tesouras, tangarás, tiês e até tucanos. Era uma diversão que Catarino proibia; e por isso Hilário continuava apanhando, sempre que o denunciavam.

Embora fizesse quase todos os serviços, era especialmente o moleque de recados da chácara. Daí sua importância para a investigação: Tito seguia a pista dada pelo próprio Chico Eugênio, perguntando a quem Domitila ou Leocádia costumavam mandar mensagens. Hilário ri: lembra ter levado um recado de Leocádia a ele mesmo, Tito, para que fosse encontrá-la na ponte do Rio Comprido. E disse isso com malícia, insinuando compreender, e aceitar, aquela imoralidade. E termina por advertir: que tomasse cuidado com Balbino.

Tito se desconcerta, nega todas as suposições e ameaça o moleque com alguns cascudos. Mas Hilário não tem mesmo nenhuma resposta; nunca fora portador de recados da finada: desde quando a impediram de deixar a propriedade, as coisas de que necessitava eram trazidas da cidade por Tomé Ganguela ou Galdino Caçanje.

E estavam nisso quando gritos chamam por Hilário: o moleque corre, para não ser punido por alguma demora; e Tito fica, raciocinando. Há, naquele crime, uma obviedade tão flagrante que custa a crer não tenha o coronel chegado à mesma conclusão. A informação de Hilário ratificava a teoria — o assassino era alguém íntimo da chácara, alguém que seria reconhecido pelos cães; que ou tinha a chave do casarão ou teve auxílio de alguém de dentro:

Leocádia Henriques. Precisa, no entanto, de mais uma comprovação daquela tese, antes de sugeri-la a Chico Eugênio.

Só pôde conversar com Galdino pouco antes do pôr do sol. Tinham a mesma idade, tinham boas relações. Mas o cocheiro era discreto. Tito tenta entrar no tema Domitila de uma maneira enviesada, dissimulada, como se falasse naquilo por acaso. *Todo mundo sabe que você está aqui para descobrir o ladrão que tentou roubar a chácara*: é a frase moderna que corresponde à verdadeira, dita por Galdino Caçanje a Tito Gualberto, para abreviar o assunto.

Tito fica, naturalmente, surpreso. Mas aproveita a oportunidade e pergunta abertamente se Galdino havia levado Domitila à casa de alguém, ou se havia outra pessoa na chácara que pudesse guiar os carros do coronel. E Galdino diz que não: que mais ninguém, além dele, dirigia os cavalos. E que nunca descumpriu a ordem: Domitila nunca saíra do Catumbi, nem a pé, nem de coche.

Tito insiste, diz que o próprio Chico Eugênio tinha aquela suspeita; e garante manter tudo em segredo, nunca revelar seu informante ao coronel. Galdino, contudo, é peremptório; e encerra o inquérito, alegando ter ainda tarefas a fazer. Ao se despedir, repete, baixo, a advertência feita por Hilário: que tomasse cuidado com Balbino.

A última cena relevante desse dia acontece logo depois, quando Galdino sai e Tito fica só. Está escuro. Tito sente alguém puxá-lo pela mão. Em silêncio. Vão mais para os fundos do terreno. Tito a reconhece: é Antônia, que ajudava a cozinheira Damiana e dividia a senzala com Quirina.

Devia ter uns dez, onze anos no máximo. Por isso, Tito não acredita no que vê: Antônia deita e suspende a camisa de algodão. Não é a primeira vez que sofre um assédio feminino: mas não daquela forma, não de uma criança como aquela. Todavia, se o leitor já conhece o caráter ou o destino do nosso detetive, deve concluir que não recua.

Não direi mais nada. Apenas que, no fim, Tito comenta não ter podido imaginar que ela já fosse uma mulher. Para seu espanto, contudo, Antônia confirma: não era mesmo, seu sangue ainda não tinha corrido, mas já estava acostumada àquilo. Ele, então, se diz arrependido. E a repreende por ser tão precoce. Mas ela brinca, insinuando que ele nunca recusara ninguém naquela chácara, nem mesmo as brancas.

Lisonjeado, olha a menina com ternura e pena, esboçando um movimento tíbio. Já de pé, no entanto, pronta para ir embora, Antônia rejeita o afago; e aplica o golpe: *foi Catarino quem me mandou vir.*

É como consigo reconstituir a frase.

Peço agora que o leitor se concentre em duas personagens femininas que, descendo pela Rua dos Latoeiros, acabam de dobrar na do Ouvidor. Param ali mesmo, na esquina, em frente ao antigo *Cosmorama*, que teve grande popularidade nos anos 40 mas começava a perder espaço para um novo concorrente, com um tipo mais agressivo, mais exuberante de ilusionismo: o célebre planetário *Fantasmagorias de Robertson*, estabelecido na mesma rua, a poucos passos dali.

Parte da sociedade carioca andava então fascinada com exotismos. Pagava caro para ver elefantes, rinocerontes, zebras e gorilas. Vibrava com o sinistro espetáculo da mulher decapitada. Tremia vendo o equilibrista Marques balançar na corda bamba. E apostava alto, a favor ou contra, no desempenho do colosso Walter, levantador de pesos, nadador em mar aberto e amansador de touros, que também enfrentava cães raivosos numa arena montada em São Cristóvão.

O galego Quintans, proprietário do *Cosmorama*, na tentativa de aumentar as receitas havia contratado uma "Exposição de Esquisitos", que meses antes fizera sucesso em Buenos Aires. Era essa exposição que nossas duas personagens desejavam ver: girafa, hipopótamo, ornitorrinco, um esqueleto gigante de lagarto, uma mulher barbada, um casal de anões, pessoas com várias espécies de aleijões ou deformidades, incluindo uma criança que não tinha membros, além das incríveis gêmeas xifópagas. Havia ainda um indivíduo hermafrodita, cuja exibição era exclusiva para senhores e cobrada clandestinamente, à parte.

Não será necessário, portanto, gastar tempo em considerações psicológicas: o caráter, a sensibilidade de ambas as moças tendia espontaneamente para tudo que fosse extravagante, extraordinário, excepcional. Por isso, uma delas (Emília) também frequentava o sobrado do Largo do Capim. E a outra (Isaura) era ninguém menos do que a própria sonâmbula.

Apesar do risco de invadir outra vez o território gigoia, Tito havia se determinado a seguir Emília, que supunha ser amante de José Higino. Partindo do sobrado, no rastro dela, encontra Isaura. Iria descobrir, no curso dessas investigações, que a primeira, residente na Rua do Aljube, era filha de uma professora de música e de um caixeiro, empregado antigo de um empório no Caminho da Forca, que passara à condição de interessado (ou seja, tinha participação nos lucros). E que a outra, a médium, órfã de mãe e filha de um tipógrafo, dava faxina num hotel da Rua da Harmonia, morando no Morro do Livramento. Se eu disser ainda que as duas filhas faziam justiça aos pais, terei dito tudo.

Mas voltemos ao *Cosmorama*. Tito, naturalmente, também compra um ingresso para a exposição. Acompanha as moças de perto, dissimuladamente. Não vão sozinhas: uma mulher mais velha, que ele não identifica (talvez uma tia, uma madrinha), está com elas. Ficam, as três, maravilhadas. Tito tenta captar as conversas. Estuda os modos. Percebe em Isaura uma grande timidez, uma certa falta de confiança. Emília, por sua vez, é cândida, expansiva, galhofeira. Diante da jaula do hipopótamo, se volta para fazer um comentário com a madrinha. Tito, que estava atrás, cruza o seu olhar com o dela, aproveitando o ensejo para sorrir.

Não tomarei mais tempo do leitor. Os "esquisitos" vão se tornando mais sinistros, mais sombrios. Quando chegam no cercado das xifópagas, não há mais clima para brincadeiras. Uma sentença latina, gravada numa tabuleta, tenta resumir aquela imensa angústia: *duae animae in corpore uno*.

Tito tem, naturalmente, sorte: Isaura, aflita, lê a frase e pergunta à tia se aquele ser é mesmo um animal. Mas a mulher não sabe latim. Ele, então, tem a oportunidade de intervir; e faz a tradução: *duas almas num só corpo*. E como, além de sorte, tem malícia, faz a elas, e a si mesmo, um questionamento metafísico: se não seria o contrário; se não haveria, nas xifópagas, apenas uma alma, esgarçada naquele corpo duplicado. E começa a discorrer sobre almas, espíritos, comunicação com os mortos.

A madrinha não se entusiasma pelo assunto. Tito percebe nela certo incômodo, certa irritação. Mas ele tem sorte; tem malícia; e tem — como disse a cigana — o dom de encantar. Assim, alcança seu objetivo: Isaura, a sonâmbula, e Emília, a suposta amante de José Higino, ficam muito à vontade. Não mencionam o sobrado do Largo do Capim; mas opinam livremente, genericamente, sobre os fenômenos que lá se dão.

Enquanto deixam o *Cosmorama*, conversam já com certa liberdade, apesar da cara feia da mulher mais velha. Do lado de fora, Emília, Isaura e a própria madrinha aceitam a gentileza de Tito, que se oferece para acompanhá-las.

Se pude explicar Isaura e Emília em uma dúzia de linhas, me bastariam as poucas frases da cigana para desvendar a natureza de Tito Gualberto. Ocorre aí, contudo, uma dificuldade: o caráter enigmático, quase esotérico, daquele enunciado. Por isso, volto ao Largo da Segunda-Feira, na noite do crime. Voltaremos lá outras vezes, no curso desta narrativa, pois nesse largo é que se passa o romance propriamente dito.

Tito está sentado numa mesa redonda. Joga dados com mais quatro parceiros. É seu disfarce. Vem rastreando há tempos, naquela área, uma quadrilha de traficantes de escravos. Veio acompanhado de um outro polícia, que simula ser um carroceiro. Na estalagem, Tito finge ser um simples viajante. Alugou um cômodo, no segundo andar; e trouxe bagagem: dois alforjes cheios. Crê ter concluído a investigação. Fará seu relatório no dia seguinte, ao próprio chefe de polícia.

Comete erros, todavia. Embora aposte com a verba secreta da repartição, joga para ganhar; tem o vício, a necessidade ontológica de provar a sorte. E isso o distrai.

Não percebe, por exemplo, certos gestos, sinais expressivos trocados entre o estalajadeiro e um outro hóspede, sentado numa mesa à parte: homem mal-encarado, com uma cicatriz no rosto, que mantém em Tito os olhos fixos e de vez em quando abre o colete para consultar um belo relógio de prata, demonstrando ansiedade.

Às dez horas, Tito decide sair. Sabe que isso constitui um problema, porque está ganhando muito. Mas Domitila já abriu a janela. É o seu segundo erro: não sabe resistir ao impulso, à tentação de ter uma mulher que se oferece a ele. Exatamente como diria Antônia.

Vem o incidente: o homem da cicatriz (que passou a noite de olhos nele e no relógio) se interpõe ostensivamente entre Tito e a porta, provocando uma afrontosa colisão. O ímpeto de Tito, naturalmente, é tomar satisfações. Mas reconhece que estão todos contra ele. É quando tem a ideia de depositar o lucro do jogo com o estalajadeiro, prometendo continuar jogando, naquela mesma noite. Diz isso em voz alta, para que todos ouçam.

Mais uma vez, não presta à cena a necessária atenção: não vê que o dono da estalagem faz um movimento com as mãos, franzindo a testa, como se pedisse calma, ou paciência; como se alertasse que tudo está sob controle.

Antes de sair, Tito adverte o companheiro polícia, que (no papel de carroceiro) irá dormir na própria carroça, dentro do galpão. Montado no cavalo, seguindo pela

Estrada do Engenho Velho, depois pela de Mataporcos, na direção do Catumbi, na direção de Domitila, Tito também não percebe (e talvez já não pudesse perceber) que, pelos fundos do terreno, onde há uma vala estranhamente aberta, alguma coisa humana acaba de entrar em cena.

Essa última personagem (é importante que se diga) também não vê Tito Gualberto.

Que tomasse cuidado com Balbino: foi o que disseram, no mesmo dia, um depois do outro, o moleque Hilário e Galdino Caçanje. É no que pensa Tito enquanto se dirige à firma de seguros, na Rua Direita, onde o coronel o espera. Tenta deduzir o que sabem Galdino e Hilário (ou o que supõem saber) para terem dado aquele aviso.

Apesar de Balbino não ignorar as velhas relações entre Tito e Leocádia, acreditava francamente na fidelidade essencial da mulher casada, na sacralidade da instituição do matrimônio e em sua capacidade de produzir amor. Portanto, embora não fossem exatamente amigos, nem membros da mesma malta, podemos dizer que existia entre os dois homens certa espécie de afinidade, muito característica do Rio de Janeiro: a da camaradagem — que, pressupondo uma intimidade meramente ritual, permite que dois indivíduos bebam juntos.

Era isso o que ocorria eventualmente, entre eles, numa ou noutra tasca da zona do cais. Para que o camarada, de repente, se voltasse contra Tito, devia haver alguma intriga envolvendo Leocádia. Balbino poderia estar sendo envenenado com calúnias, alguém pode ter falado demais, ter mencionado fatos do passado como se fossem do presente e açulado o ciúme, os brios, o ódio de um marido fiel que se julga traído. A própria Leocádia não se continha, deixava transparecer seus sentimentos diante de todos, mudava de expressão e de atitude quando via Tito. Eram coisas sabidas. Deviam ser coisas comentadas. E comentadas com maldade. Impossível não chegarem aos ouvidos de Balbino. E Balbino poderia ter demonstrado, ou declarado, a intenção de tomar satisfações; ou mesmo se vingar.

Por outro lado, como o mesmo Galdino revelara, ninguém na chácara ignorava o motivo da presença de Tito entre eles, a razão de ter sido novamente recebido no casarão. Todos sabiam que não se tratava de questão afetiva: Tito estava ali para investigar o roubo. Também era fácil deduzir que o ladrão só poderia ser alguém muito íntimo, alguém que poderia transitar pela propriedade sem ser incomodado pelos cães, e que saberia exatamente por onde escapar sem ser descoberto. Talvez já desconfiassem de Leocádia. E, se desconfiavam de Leocádia, teriam também concluído que essa pessoa íntima, para quem ela abriu uma das portas ou janelas, foi Balbino.

O guarda-costas dos Faria Leite teria, assim, dois motivos para matá-lo: estancar os comentários maliciosos sobre Leocádia; e terminar com a investigação, eliminando o risco de ser descoberto.

A cena agora era toda muito clara, para Tito: Zé Higino, suspeitando da fidelidade da mulher, ou para herdar parte da fortuna do coronel, trama o crime com o capoeira Balbino, antigo escravo dos Faria Leite e ora servidor leal dessa mesma família. Primeiro, Balbino desaparece, supostamente por estar fugindo da polícia. Depois, é o próprio corretor quem se ausenta, numa viagem de negócios. Álibis perfeitos. Zé Higino dá a chave do casarão ao capoeira. Ou Balbino conta com a cumplicidade da própria mulher. Um primeiro fato inesperado: o capoeira vê a cena entre Tito e Domitila. Oculto, espera a oportunidade. Sobrevém um segundo fato inesperado: Chico Eugênio chega de repente. Balbino não se precipita: mata Domitila e simula o roubo das joias. É certamente o ruído decorrente da luta entre a vítima e seu agressor que chama a atenção do coronel; e este entra no quarto ainda a tempo de perceber o vulto do assassino em fuga, na direção da chácara dos ingleses.

Mas Tito não pode dizer isso a Chico Eugênio. E não diz. Denunciar Balbino é denunciar a si mesmo. Tinha sido visto por ele, na noite do crime. Leocádia é outra testemunha: pode contar a história do seu encontro com Domitila, nos fundos da chácara. Hilário, se pressionado, também pode ratificar a informação: foi ele quem levou a Tito o recado da mucama para voltar à ponte do Rio Comprido. É provável que, mesmo no dia em que ele e Domitila se encontraram sozinhos atrás do cemitério, tenham sido vistos: dificilmente ela não teria sido seguida, espionada. Toda a história já poderia estar circulando há tempos, nas senzalas. Tito não pode calcular quantos testemunhos lhe serão desfavoráveis.

Assim, de pé, diante de um impaciente coronel, sem ser convidado a sentar, começa o relatório afirmando não haver indícios, até aquele momento, de que Domitila tenha deixado o Catumbi para fazer visitas, ou mandado mensagens a ninguém. Deu ênfase à conclusão: Domitila não tinha relações fora da própria chácara. E formula uma nova teoria para o caso (na esperança de que essa linha de investigação o afaste do risco de enfrentar Balbino): que talvez fosse hábito da prima, no verão, deixar a janela aberta; e que algum malfeitor oportunista tenha entrado para roubar e cometido o crime, ao ser flagrado pela vítima.

Chico Eugênio acha a tese ridícula. E menciona o óbvio: os cães não latiram. Pergunta, em seguida, se Tito teve custos, se precisa de dinheiro para continuar investigando.

É uma ofensa, na verdade; uma insinuação de que a suposta demora do sobrinho em resolver o caso seja proposital, com intuito de extorqui-lo.

Tito se justifica, se defende: é um agente secreto, não tem o poder de fazer inquéritos; toda a informação que pode obter é através de subterfúgios; e isso leva tempo. A ansiedade de Chico Eugênio é evidente. Esmurra a mesa, amassa papéis. Mas tem que ceder ao argumento. E pede a Tito que prossiga, que faça como acha que deva fazer; mas que não deixe de conversar com nenhum dos escravos.

Já está também de pé, o coronel. Anda de um lado para o outro. Parece viver um grande embate interior, uma indescritível angústia. Tito Gualberto arrisca um lance perigoso: sugere que, se os cães não latiram, e a não ser que os frequentadores dos saraus também fossem bastante íntimos, o assassino só pode ser um dos escravos da chácara.

Mal Tito acaba de falar — e Chico Eugênio para. Não move um músculo; e tem no rosto um indizível horror. Mas logo balança a cabeça, e se volta para a parede. *Os pretos sabem o nome do ladrão*, teria dito o coronel.

Tito Gualberto gostaria de explicar ao tio que não foi, que não há a menor possibilidade de o ladrão ter sido um dos supostos amantes de Domitila: ela não marcaria encontros com dois homens numa mesma noite.

Cova da Onça

Cova da Onça foi o nome de uma antiga picada, uma trilha de caça que subia o Morro de Santa Teresa, na época em que aquela área era coberta de florestas. O traçado desse impraticável caminho corresponde aproximadamente ao da atual Rua Barão de Petrópolis.

Foi denominado Cova da Onça porque, no século 17 (reza a tradição), uns caboclos capturaram ali um desses felinos, num mundéu. Não fizeram, contudo, o ritual do costume: não quebraram a cabeça da fera, a exemplo do que se faz com um inimigo humano.

Ora, todos sabem que os jaguares são pessoas: são caraíbas, feiticeiros que têm forma humana durante o dia e que viram fera durante a noite. Na verdade, não se trata propriamente de metamorfose — mas de diferenças de percepção. Daí alguns dizerem que caraíbas são as onças da noite que viram gente durante o dia.

Não há espaço para discorrer sobre todos os espíritos da mata, os caboclos de jurema, os caboclos flecheiros, os caboclos caminheiros. Nem tratar de entidades perigosas, como o Curupira, cujas flechas são as cobras venenosas.

Como lugar de muitas mortes, cumpre sublinhar apenas que a mata é também um cemitério, uma calunga. Porque é por lá que caminham os anhangas, os espíritos dos mortos, em busca do lugar onde nasceram: desolados, com raiva e inveja dos vivos; cientes sobretudo de que a alma também é mortal.

4

Os feiticeiros não são gente.

Frase recorrente
entre os awetis do Alto Xingu,
na tradução de Marina Vanzolini:
A flecha do ciúme.

Quem leu *O cortiço*, de Aluísio Azevedo, certamente lembra da rixa entre os carapicus e os cabeças de gato, bandos de capoeiras rivais, cuja luta culmina em assassinatos e no incêndio do cortiço de João Romão. Para escrever esse entrecho, Aluísio se inspirou em duas maltas históricas: a dos nagoas e a dos guaiamuns — que eram na verdade duas federações de maltas menores: guaiamuns eram crioulos ou mestiços; nagoas, africanos de todas as nações.

Contudo, na época em que nossa história se passa, esse processo de assimilação ainda não estava em curso; as maltas mantinham mais radicalmente sua identidade étnica. Marraios, por exemplo, eram pardos, categoria em que Tito se enquadrava, certamente por ser filho de uma índia. Os gigoias eram negros crioulos. Os alafins eram formados pelos minas. Quiximbes, pelos angolas. Muçulos, pelos congos. E daí por diante.

Como já expliquei, certas igrejas, e o território em torno delas, estavam associadas a cada uma dessas maltas. E disso advinha um conflito, uma superposição impermeável entre cidades: de um lado, o Rio de Janeiro marginal dos capoeiras; do outro, a urbe aparente, oficial, cuja geografia era pontuada por inúmeras irmandades católicas, inclusive aquelas constituídas por escravos e homens livres de cor, que cultuavam geralmente santos negros e coroavam seus próprios reis e rainhas, em festejos (então muito populares) conhecidos como cucumbis.

Ora, nessas instituições o critério de associação também era essencialmente étnico. Assim, em 1854, pardos tinham irmandades em Santo Antônio dos Pobres e na Igreja do Hospício; angolas, na do Rosário; crioulos, na de São Domingos; moçambiques, na Lampadosa; minas, nessa mesma igreja e na de Santa Ifigênia; congos, na então Igreja de São Gonçalo Garcia — que, em meados daquele mesmo ano, seria consagrada a um segundo orago: São Jorge, padroeiro que a tornaria célebre.

Se me estendo um pouco nesse tema é porque sei que um romance não se compreende se não se compreende a cidade onde ele se inscreve. E também para declarar a razão de Tito Gualberto, em vez de circular pelo Campo da Aclamação (onde estava São Gonçalo Garcia), andar agora pela zona da Misericórdia e de Santa Luzia, então dominada pela malta dos muçulos, da nação dos congos.

Cabe agora mais um parêntese: nações (como de congos, minas ou angolas) abrigavam subdivisões correspondentes às etnias específicas: assim, entre os minas se achavam nagôs, jejes e hauçás; entre os angolas: rebolos, caçanjes e quissamas; entre os congos: monjolos e cabindas. Ora, disse antes que Balbino Ribeira era cabinda. Logo, se Tito estava ali, numa zona dominada pelos congos, é porque seguia o rastro de Balbino.

Filósofos da capoeiragem afirmam que a melhor maneira de neutralizar um inimigo criminoso é se tornar seu cúmplice. E Tito ratificava a tese. Decidira se antecipar, procurar Balbino, mandar a ele algum recado, garantindo a intenção, o compromisso de não envolvê-lo no caso do Catumbi.

Tito sabe que está em terra inimiga; por isso não traz nenhuma distinção que o denuncie. E caminha, perambula, entra nas tabernas, para nas esquinas. Mas não vê Balbino em lugar algum. Ninguém conhece o destino do guarda-costas dos Faria Leite. Andava foragido, desde o ano anterior, embora aparecesse ocasionalmente, à noite, porque tinha assuntos a tratar. Depois, sumiu de vez. Estaria detido, parece (era a última notícia), na tremenda Presiganga, forçado a trabalhar na pedreira da Ilha das Cobras.

Creio ter aludido, indiretamente, no decorrer da trama, a uma das principais qualidades de Tito Gualberto, que o habilitava à função de polícia secreta: sua incrível memória visual, seu dom impressionante de gravar fisionomias. E, precisamente quando obtém essa derradeira informação (de que Balbino já estaria preso), reconhece, do outro lado do balcão onde se apoia, o homem que comia fígados fritos com farinha e batatas cozidas, na tasca do Largo do Capim, no dia em que seguira Zé Higino e o vira entrar no sobrado dos espíritas.

Mas Tito se trai: algo nos seus gestos, na sua expressão, deve ter feito o sujeito notar que era observado. E Tito se precipita: evita o olhar do outro, deixa uma nota no balcão e sai, abruptamente.

São dez horas da noite, mais ou menos. As ruas já estão quase vazias. Tito anda pela beira da praia quando percebe que o seguem. São três homens: um deles, o dos fígados fritos.

Tudo se passa muito rápido na mente do nosso protagonista: até aquele momento, supunha que a emboscada sofrida na Rua do Sabão (interrompida por um inspetor de quarteirão) tinha sido armada pelos gigoias, senhores daquela área. Achava que o homem dos fígados fritos pertencia a essa malta. Todavia, a presença da mesma personagem na zona dos muçulos (e que agora o perseguia acompanhado de mais dois comparsas) revelava algo muito pior: que o ataque da Rua do Sabão fora obra dos congos, do povo de Balbino Ribeira. Certamente a mando de José Higino. Vingariam, assim, dois adultérios com um único cadáver.

Acossado por tais pensamentos, Tito decide parar. E se volta para os seus perseguidores. Agindo rápido, com base no código ético dos capoeiras, atira no chão a navalha aberta; e grita as cores: vermelho e azul. Os outros também param. É precisamente o homem dos fígados fritos quem aceita o combate singular: também joga no chão a navalha; e diz: verde e branco — as cores dos muçulos.

Ficam, assim, os duelantes, a alguns passos das respectivas armas, em pontos diagonalmente opostos. E partem juntos, no movimento hoje conhecido por "aú": ou seja, a "estrela" dos leigos, que consiste em girar lateralmente o corpo com as mãos para cima, caindo sobre elas e, em seguida, novamente sobre os pés.

Tito, contudo, quando está na vertical, com a cabeça para baixo, corta (ou interrompe) o golpe — dobrando os joelhos e lançando o corpo para a frente. Não apanha, por isso, a própria navalha: apanha a do rival. E é com ela que (num volteio do tronco conhecido como "remoinho") desliza a lâmina pelo pescoço do surpreso adversário, que acabava de ficar em pé.

Tudo o que se disse há pouco sobre maltas, irmandades, nações e etnias serve também para explicar o encontro entre Tito Gualberto e Elesbão Inhambane, em frente à Igreja da Lampadosa, que tanto demarcava o território marraio quanto abrigava a irmandade do Mago Baltasar, compromissada aos moçambiques, nação que incluía os inhambanes.

Conversa, Tito, com companheiros de malta. Recebe cumprimentos. Àquela altura, o feito da noite anterior já é conhecido e comentado em todas as rodas da capoeiragem. Oficialmente, contudo, era mais um crime sem solução: nenhuma denúncia, nenhuma testemunha, nenhum vestígio.

De repente, e por acaso, Tito identifica, passeando no adro, a figura alta, esguia e contrita de Elesbão Inhambane. Personagem eminente, muito querido entre os seus confrades, Elesbão ocupava o cargo honorífico de Rei dos Moçambiques, para o qual havia sido eleito e reeleito, tendo permanecido nele por seis anos.

Sobre essa misteriosa irmandade, a do Santo Rei Mago Baltasar, não há quase nada. Sabemos que era paupérrima, que nunca recebeu grandes doações, nunca teve terrenos, nunca pôde erigir igreja própria. Dependeu, sempre, da generosidade dos minas. Mais precisamente, de uma certa facção dos minas, que mantinha culto separado de seus próprios confrades, mas que (contraditoriamente) abrigava moçambiques em seus templos.

Para quem, no entanto, conhece minimamente a história da África, é fácil compreender tal ligação: moçambiques e minas vinham de regiões onde o islamismo penetrara há séculos. Boa parte deles era muçulmana. A Igreja da Lampadosa, na verdade, era — sempre foi — uma mesquita.

E isso explica Elesbão — e seu conflito com Catarino. Porque, embora Catarino fosse mina, não era muçulmano: era jeje; era bocono, curandeiro e feiticeiro; não cultuava um deus — mas os voduns.

Ana Felícia, com o casamento e a mudança para o Catumbi, tinha se afeiçoado a Elesbão. Talvez admirasse nele a erudição, ou a sobriedade. Talvez houvesse percebido uma qualidade que nenhum senhor, naquele tempo, ousaria admitir: que o escravo Elesbão sabia ler e escrever. Não a língua oficial do Império — mas a do Livro, a do Profeta.

Elesbão, assim, passou a servir pessoalmente a Ana Felícia. Era Elesbão quem ia, exclusivamente, à célebre livraria do Ferrari (na Rua do Ouvidor, número 37) apanhar suas encomendas de romances franceses, revistas de moda, partituras para piano. Foi Ana Felícia, portanto, quem provocou, quem açulou o ódio entre Elesbão e Catarino.

Certo dia, um sábado ou domingo (quando Tito ainda morava na chácara), grande tumulto irrompe no quintal: Catarino chama pelo nome de Francisco Eugênio, enquanto Elesbão invoca Ana Felícia. Estão cercados por outros escravos. E disputam a posse de um objeto, que está nas mãos de Catarino. Tudo se esclarece, na presença dos senhores: Catarino havia invadido a senzala de Elesbão e roubado de lá o objeto — um livro, escrito numa letra indecifrável.

Era, naturalmente, um Alcorão. Segundo dados dos historiadores, a livraria do Ferrari vendia em média, apenas a escravos, cem exemplares do Alcorão por ano, naquela época. Catarino não conhecia aquelas letras, mas sabia do que se tratava. Sabia que era uma religião de gente subversiva, perseguida pela polícia. E acusa Elesbão; pede a Chico Eugênio que ele seja castigado; exige, na verdade, uma enorme punição. Ana Felícia, no entanto, intervém. O futuro coronel, católico e alagoano, vacila entre aqueles dois poderes. Até que Elpídia, que era mina, que era jeje — mas que pertencia, e era fiel, a Ana Felícia —, puxa Catarino pelo braço e diz alguma coisa no ouvido do bocono.

Elesbão, assim, recupera o Livro. E Catarino, contrariado, dá as costas aos senhores, sem pedir a bênção, rogando pragas em sua própria língua.

Mas é preciso retomar a cena em que Tito Gualberto identifica, passeando pelo adro da Lampadosa, a figura alta, esguia e contrita de Elesbão Inhambane. O rei dos moçambiques também reconhece o sobrinho de Ana Felícia, quando este se aproxima. E os dois se encontram, em frente à igreja.

Não foi Balbino quem roubou as joias, é como tento adaptar a primeira frase de Elesbão. Tito se impressiona com a convicção do moçambique. Quer motivos, indícios, provas. Tem cada vez mais certeza de que, no Catumbi, ninguém ignora como os fatos se deram. Mas Elesbão assegura não ter visto nada. Na noite do roubo, quem recebeu o senhor e desatrelou os cavalos foram Galdino Caçanje e Domingos Monjolo, além de Tomé Ganguela. Elesbão lembra que este último chegou até a entrada da sua cubata para acordar Hilário, que devia ajudar na descarga e levar para dentro objetos pessoais do coronel. Foi só depois dos tiros (Hilário já tinha voltado a dormir) que a rua inteira se levantou para saber o que ocorria e auxiliar nas buscas. Ele mesmo, Elesbão, foi bater as matas do sítio abandonado, ao lado de Filomeno, sem nada descobrirem. Não acredita, contudo, que o bandido possa ter fugido: tinham voltado lá, no dia seguinte, ele e outros companheiros; tinham examinado aqueles matos todos; e não encontraram nenhum rastro, nenhum vestígio humano. O ladrão, logo, tinha de ser um deles, era alguém da chácara. *Quem roubou, e acabou matando Domitila, é também o assassino de dona Ana Felícia*, conclui.

Tito está, literalmente, assombrado: não cogitava a possibilidade de ligar o assassinato de Domitila à morte da tia. Aliás, nunca havia imaginado que Ana Felícia pudesse ter sido assassinada, como afirmava Elesbão. Começa, então, a penetrar num mundo muito tenebroso, a conhecer o drama sinistro que engolfava o sobrado de Francisco Eugênio.

Contrariamente ao depoimento de Leocádia, Ana Felícia não estava apenas triste, deprimida com a proibição dos saraus e com a absurda situação da filha: pressentia, na verdade, uma tragédia. Tinha medo da vingança de Zé Higino, tinha receio do rigor excessivo do marido. Não se conformava com o fato de Chico Eugênio ceder às exigências do genro. Estava arrependida de ter consentido naquele casamento, que vinha aos poucos matando Domitila.

É quando Elpídia a convence de ir consultar Catarino. Nessa parte, Elesbão carrega nas tintas. Tem repugnância pelos feiticeiros. Odeia o tirano Catarino, que dava ordens e aplicava castigos como se fosse o legítimo senhor. Descreve as estatuetas, os ídolos malignos que o bruxo cultua em sua cubata. Menciona o sacrifício de cães. E insinua que os abortos foram feitos com o propósito de obter os fetos — os quais empregava em magias diabólicas.

Certa noite, quando todo o casarão dormia, Ana Felícia não resiste. Elpídia vai buscar a senhora e a conduz até a senzala do feiticeiro. Na rua, todos sabem daquela eminente visita, mas ficarão calados — tal o terror que Catarino infunde. Elesbão, contudo, não acredita naquele poder.

Com ameaças, manda Hilário (que tinha o passo mais leve) dar a volta por trás do balué e ir até a cubata de Catarino, para tentar ouvir o que se passa. O moleque treme; mas obedece. Vai devagar (aproveitando a circunstância de o jardineiro Filomeno, que mora em frente, estar com Catarino), passa com cautela pela entrada da última cubata (dos que trabalham duro e por isso dormem mais profundamente), chega ao balué, contorna a fila de senzalas (que é a da direita) e caminha na direção da primeira casa. Tem que se arriscar, deixar a cabeça à mostra, porque todas as portas (vedadas apenas com uma cortina rústica de algodão grosso) davam para a parte interna da rua.

Dentro, além da senhora, estão os minas: Elpídia, Filomeno e Catarino. Mas Hilário não fica muito tempo: de repente, alguém se movimenta, afasta abruptamente a cortina; e o moleque só tem tempo de retrair a cabeça. Apavorado, se esgueira rápido, refazendo o mesmo caminho. Do balué, oculto nas sombras, verifica ter sido o jardineiro quem saíra: então vê Filomeno deixar a própria cubata, talvez para pegar aquilo que ora carrega nas mãos, e retornar à companhia dos outros minas. É quando Hilário tem a oportunidade de voltar à senzala que dividia com Elesbão.

E o moleque faz seu relato: Catarino prometia a Ana Felícia um feitiço pesado para dar a ela mais quentura; uma quentura para atrair e amolecer o coronel; disse que o senhor seria que nem cachorro na mão dela. Mas tinha que aceitar, tinha que fazer exatamente o que o feiticeiro mandasse.

É precisamente nesse ponto da conversa que Filomeno sai; e Hilário foge. Isso foi tudo que conseguiu ouvir.

Há, entre seres humanos, diversos modos de lidar com a morte. Tanto no aspecto objetivo (se, por exemplo, o cadáver é queimado, enterrado, comido, mumificado, abandonado à ação do tempo ou de animais necrófagos); quanto subjetivamente — pois a variedade de ritos é quase tão numerosa quanto a heterogeneidade de culturas. Na verdade, se se pretende compreender um povo, a sua forma de encarar a vida, basta observar o tratamento que dispensa aos mortos.

Mas não tenho a pretensão de escrever um ensaio sobre o tema. Quero apenas evocar uma das mais importantes tradições funerárias do Rio de Janeiro: o gurufim.

Tentarei definir o conceito numa frase: gurufim é uma festa, no sentido rigorosamente etimológico do termo, cujo anfitrião é um defunto. Como em toda festa, parentes, amigos, vizinhos, convidados ilustres, desconhecidos que passam pela rua — todos vão para beber, comer, cantar, dançar, rir, se divertir, celebrar. Tudo, naturalmente, na intenção do morto. Talvez por isso, pela presença do morto, seja frequentemente confundido com o velório da tradição católica.

No século 19, na época em que o romance se passa, além do gurufim que acabo de descrever (e que sobrevive até hoje), havia uma variante desse rito, praticada entre capoeiras. É numa festa dessas que temos um pretexto para entrar.

Estamos nos fundos da Igreja de São Gonçalo Garcia. Há muitos africanos da nação dos congos; confrades da Irmandade dos Apóstolos São Felipe e São Tiago; e gente da malta dos muçulos. Sobre uma espécie de essa, na verdade um simples cavalete, acabam de colocar um caixão rústico, onde descansa o homem dos fígados fritos.

É quando chega um grupo de marraios. Trazem velas, flores, amarrados com toucinhos, paios, carnes-secas e, fundamentalmente, botijas de cachaça. Entre eles, Tito Gualberto.

É o único momento solene: quando as oferendas são depositadas, uma a uma, perto do caixão. Tito também se aproxima, tira o chapéu, faz o sinal da cruz. É quando, ao mesmo tempo, uma voz se eleva, puxa um ponto composto especificamente para aquela ocasião. É um muçulo quem canta; e todos o acompanham, num ritmo de palmas. Metaforicamente, narra o combate em que o defunto pereceu. É uma homenagem à vítima; e o troféu do vencedor. *Na Santa Luzia, urutu enroscou, mastigou tiririca.*

O texto, que nem chega a ser hermético, como o leitor percebe, põe em cena apenas duas personagens: a cobra e a planta, num encontro em que a primeira derrota a segunda. Ora, como já adverti (quando contei a história de Balbino), cada capoeira recebia um nome, um apelido que simbolizava a sua essência, a sua maneira de lutar, o seu modo de ser ou parecer. E Tito, quando foi batizado na malta dos marraios, passou a ser o *Urutu* — talvez uma alusão ao espírito que a mãe dizia ter visto dentro dele; talvez por algumas dessas serpentes terem uma cruz desenhada na testa, sendo Tito um ex-seminarista.

Tiririca, como se deduz, é o apelido do homem dos fígados fritos. A partir daquele dia, daquele gurufim, o ponto célebre que mencionava a cobra e a tiririca poderia ser entoado livremente, e a memória da luta não seria extinta.

Mas a festa continua. Os marraios ainda permanecerão por algum tempo. Tito ouve histórias engraçadas, protagonizadas pelo Tiririca. É quando lhe oferecem um gole e ele aproveita o ensejo para indagar sobre alguém que pensava fosse encontrar ali: Balbino Ribeira, ou seja, o legendário Anhuma. Os circunstantes começam a comentar o caso: que Anhuma estava na Presiganga, trabalhando à força nas pedreiras, embora ninguém soubesse quando, onde nem por que fora detido. Segundo um deles, nem na casa dos Faria Leite conheciam o paradeiro de Balbino.

Ocorre, então, uma cena que Tito não entende, que não consegue entender: um muçulo, que vinha se aproximando do grupo, escuta a conversa; e se intromete. Diz ter certeza, informações confiáveis de dentro da polícia, de que o Anhuma não podia estar na Presiganga, nem em nenhuma outra cadeia — porque estava morto.

Com um riso irônico, com um olhar mordaz, lamenta não terem tido a oportunidade de fazer para o finado um gurufim como aquele — porque faltava justamente o corpo. E insinua que Tito sabe, que deveria saber, onde desenterrá-lo.

Se Balbino Ribeira estivesse mesmo morto, a solução do caso ficava ainda mais clara, no parecer de Tito Gualberto: Zé Higino desconfia, ou sabe, que Domitila tem amantes; quer se vingar; e quer ficar com parte da fortuna do sogro. Viaja a negócios, para ter um álibi. E forja um álibi para Balbino, com a história de que estava foragido da polícia. Balbino vai executar o crime; e se depara com Tito, no quarto da vítima. O coronel chega; Tito foge; ele mata Domitila; rouba as joias; e também escapa.

Mas conta a Zé Higino o que tinha visto na chácara. O corretor quer agora se vingar de Tito. Balbino arma, com capoeiras da sua malta, uma emboscada contra Tito na Rua do Sabão — mas um inspetor de quarteirão frustra o ataque. Fortuitamente, Balbino é morto, por outra razão, já que, sendo capoeira, se envolve em outros conflitos. O corpo, contudo, fica desaparecido. Os muçulos, que sabiam da trama de Balbino contra Tito, julgam então seja este o assassino, que talvez tenha agido em legítima defesa.

Há apenas uma lacuna nessa teoria: como podiam ter certeza de que Balbino estava morto, se não havia um cadáver?

Por outro lado, complicavam as investigações o surgimento do novo suspeito, Catarino Mina (se se pudesse confiar no depoimento de Elesbão), e a obstinação de Chico Eugênio em supor que o criminoso fosse uma pessoa das relações de Domitila, um rapaz que frequentasse a chácara (hipótese que Tito descartava).

No caso de Catarino, Tito não alcança o motivo. As joias? Comprar uma carta de alforria? Muito pouco provável. Primeiro, porque todos diziam que o mina já era rico, que tinha acumulado uma fortuna, cobrando caro pelos seus serviços. Segundo, devia saber que o coronel não alforriava escravos: e um exemplo era Leocádia, que, mesmo casada com um liberto, manteve sua condição. Terceiro, a situação privilegiada que gozava na chácara, coisa que dificilmente alcançaria sendo livre.

Restavam, assim, ou uma motivação subjetiva e obscura (vingança, desejo mórbido de demonstrar poder?), ou a existência de um mandante — o que levava novamente a Zé Higino, único a se beneficiar, economicamente, daquelas duas mortes.

Essa quase onipresença de José Higino, apesar de hipotética, é que move Tito atrás de alguma prova concreta, irrefutável, para incriminá-lo. Intui que o melhor atalho é Emília. Desde que descobriu o endereço da moça, no dia do *Cosmorama*, resolveu investir nela.

Emília é simples e bonita. De uma beleza (diria Tito) comedida. Não era, portanto, dessas mulheres que se compram. Tinha família. Tinha sobretudo pai. Era ao lado dele que ia às sessões espíritas do Largo do Capim. Aliás, todo o círculo social de Emília parecia se resumir àquele sobrado e à amizade de Isaura. Nem Zé Higino, nem qualquer outro homem.

Já pensava em desistir, quando a sorte se manifesta: Tito vê, embicando na Rua do Aljube, caminhando na direção de Emília, ninguém menos que o moleque Expedito Camundongo, pajem e mensageiro de José Higino — que bate na porta e entrega uma carta, sem esperar resposta.

Uma hora depois, Emília sai. Tito tem a sensação de estar muito perto da verdade. E ela, a verdade, ficava na Princesa dos Cajueiros, do lado do Morro da Conceição, numa casa velha e térrea, meio oculta pelas árvores do jardim.

Emília entra sem bater. Tito calcula a permanência dela, dentro da casa, em cerca de uma hora, quando sai, irritada, com vestígios de quem havia chorado.

O enredo que o leitor presume se confirma logo depois: Zé Higino aparece no jardim, seguido por uma senhora exaltada, que reclama muito. Era, seguramente, a alcoviteira, a viúva pobre que aluga um cômodo da casa para acobertar amantes, personagem conhecida, muito comum no romance oitocentista.

Bastava agora (pensa Tito) colher a prova.

Mas voltemos à noite do crime, aos fatos que se dão enquanto Tito se esconde atrás do cemitério, agora que conhecemos melhor os moradores das senzalas da chácara do Catumbi.

Passa o tempo, um tempo relativamente longo, até que Tito escute os tiros. São seis disparos, dados da janela do quarto de Domitila, contra um vulto que foge.

Àquela altura, Hilário já voltou para a cubata. Tomé também. Domingos e Galdino terminam de acomodar os cavalos. De onde estão, não podem ver a cena.

Todos, naturalmente, se levantam, assustados, para saber o que há. Chico Eugênio aparece no alpendre, transtornado, com a arma ainda na mão. Anuncia que a casa estava sendo invadida e indica a direção tomada pelo fugitivo. Manda os homens perseguirem o invasor, chamar os guardas da cadeia, acordar os vizinhos. Ordena que mulheres e crianças entrem, que se agrupem nas cubatas. Inclusive Leocádia, que ele havia arrastado para fora.

No encalço do ladrão, o grupo masculino se divide: um deles fica protegendo a senzala; Elesbão e Filomeno seguem a mesma rota do bandido, segundo a indicação do coronel, alcançam a servidão e vão caçá-lo pelos matos; Catarino, Galdino e mais dois homens tomam a outra rota possível de fuga, descendo pelo Caminho do Catumbi, até a cadeia. Lá, se apartam, novamente: dois dobram à direita; dois à esquerda. Domingos havia entrado na chácara dos ingleses, aos gritos, enquanto o último homem pedia reforço aos guardas. O coronel é o único a ficar no casarão.

Tito sente que aquela movimentação se desloca inteira para o lado oposto ao seu. É quando também tem o ímpeto de fugir. Monta o cavalo, contorna a chácara pelos fundos, se certifica de que todos foram mesmo para a banda da cadeia e, já na estrada, começa o galope. Outros vizinhos, atraídos pelo tumulto, ou dando batidas nas próprias chácaras, não chegam a notar sua passagem.

Prestes a fechar o círculo, ao mesmo tempo que divisa a estalagem, percebe o vulto de algum animal andando pelo largo. Uma anta? Um veado? Uma onça?

De repente, a imagem se esvai. Tito se aproxima, com cautela. Amarra o cavalo. E procura pegadas, vestígios no chão, algo que lhe permita definir a natureza do ente que acaba de avistar. A luz, contudo, é fraca.

Ele contorna o prédio, tenta ver na escuridão se alguma coisa se mexe, se esforça para captar algum ruído. Mas não há nada. Ou melhor: há alguma coisa. Pressente, sabe, tem certeza de que ali, naquele exato momento, não está totalmente sozinho.

Decide, então, procurar o companheiro, o polícia secreta que dorme na carroça.

Cemitério da Ordem Terceira

Como se sabe, só no século 19, por imposição do governo imperial, as irmandades religiosas deixaram de sepultar seus mortos nas igrejas, passando a fazê-lo em campos a céu aberto.

E uma dessas mais antigas necrópoles, no Rio de Janeiro, é precisamente o cemitério fundado pela Venerável Ordem Terceira dos Mínimos de São Francisco de Paula, que teve seu primeiro enterro em maio de 1850 — pouco antes, portanto, dos eventos que se narram neste livro.

Diversamente dos lugares mencionados nos capítulos precedentes, não é necessário evocar nenhuma lenda, tradição ou mito indígena para justificar sua inclusão entre as calungas, os cemitérios do círculo. Mas é importante distinguir certas particularidades, que influenciam o caráter da assombração, da alma penada que habita um cemitério.

Os mortos são, por natureza, apegados ao lugar em que viveram (é o que explica, por exemplo, a legião de fantasmas dos castelos medievais). E o corpo, o cadáver, é seu principal ponto de referência, a coisa que procuram quando estão perdidos. Porque, para os espíritos, os corpos são apenas um lugar.

Transladados para os cemitérios, as respectivas almas, desorientadas, vão em busca deles — e se perdem, definitivamente, ficando para sempre confinadas, impedidas de vagar pelas réstias da vida. Na perspectiva dos mortos, cemitérios são o mesmo que prisões.

E por serem prisões subterrâneas, onde o solo é constantemente revolvido, atraem para o seu meio todas as entidades da profundeza da terra, como o Seu Caveira ou o Exu do Lodo.

Se o Inferno fica mesmo onde dizem, o próprio Lúcifer andaria assombrando o Catumbi.

5

> *Pouco depois do nascimento*
> *vem se juntar [...] um novo elemento*
> *que completa a alma humana: o* acyiguá *[...].*
> *O* acyiguá *é uma alma animal.*
>
> Curt Nimuendajú:
> *As lendas da criação*
> *e da destruição do mundo,*
> *como fundamentos da religião*
> *dos apapocuva-guarani.*

Mas Tito não desiste da chácara. Porque Zé Higino é apenas o mandante; e todo mandante necessita de um executor. Há Balbino, há Catarino, há nas cubatas outros homens capazes de sufocar uma mulher com uma almofada. E para quem os cães não iriam latir. E há Leocádia, que pode ter aberto a porta. Leocádia, que já não pode servir como informante. Leocádia, que Tito trata muito mal.

É essa circunstância que permite compreender a aproximação ente ele e Quirina, a inimiga, mucama que tinha denunciado suas brincadeiras com Domitila e provocado sua internação no seminário. Quirina, a despeitada. Quirina, a invejosa. Quirina, agora satisfeita com a humilhação da rival.

Estão sentados perto da cacimba. E conversam reservadamente, à parte dos demais, embora sob todos os olhares. É uma estratégia, concebida por Tito, para estimular depoimentos espontâneos. Quem não gostasse de Quirina, na suposição das coisas que ela iria dizer, talvez temendo suas declarações, faria certamente questão de falar. E todas as versões, mesmo as mentirosas, contribuem para a composição da verdade.

E foi Quirina quem lembrou um nome, que talvez houvesse passado despercebido pelas outras testemunhas. O nome de um rapaz que frequentou os saraus, que era íntimo da casa e que fez uma ou outra visita a Domitila, depois da morte de Ana Felícia, sem a presença do coronel ou do marido: Evaristo Monteiro Machado.

Também era primo de Tito, o médico. Chegaram até a conviver, no Catumbi, embora superficialmente, pois Evaristo era um pouco mais velho. Na imagem do detetive, era uma pessoa alegre, gostava de dançar, ouvia os lundus da tia, tinha amigos boêmios, fazia sonetos.

Segundo Quirina (que apreciava os detalhes sórdidos), Domitila havia passado dos limites com ele, pouco depois do caso em que o próprio Tito se envolveu e que ela, Quirina, denunciou.

Foi por isso (era uma afirmação categórica) que Evaristo, sendo o pretendente preferido por Ana Felícia, não quis casar. Não chegou sequer a ficar noivo. Tinha perdido a confiança, não podia acreditar na honra da futura esposa.

Zé Higino (ela supunha) não devia ignorar. Fatos como esse nunca são segredos. Mas se apresentou, ávido pela mão da moça. Domitila não gostava dele. Na verdade (julgava Quirina), Domitila não gostava de ninguém.

Depois do casamento, houve um incidente importante, uma reunião, na biblioteca (aquele cômodo contíguo ao que Domitila viria a ocupar), entre os três homens: Chico Eugênio, Zé Higino e Evaristo.

Quirina não ouviu o teor da palestra. A própria Ana Felícia tentou escutar, colada à porta; mas desistiu, sem nada apurar. Lembra, a mucama, que estavam os três muito exaltados, embora cochichassem. Mas assistiu à despedida, no salão: a vergonha do médico, a indignação do corretor, o desespero do coronel.

Esse encontro é que marca, segundo ela, o início da reclusão de Domitila, a mudança de quarto (do primeiro andar para o térreo), a proibição de sair de casa. É verdade que não lembra de Evaristo ter voltado ao Catumbi, depois da referida reunião. Mas os saraus haviam sido proibidos muito antes; e ele foi, dentre os rapazes, o único que continuou a frequentar a chácara.

Quirina contradiz, assim, conscientemente, todos os depoimentos prévios. Só não consegue entender a omissão dos demais escravos sobre esse ponto: afinal (e ela diz isso com uma ironia má), Evaristo não deixava de ser um homem, mesmo vindo apenas para examinar a prima, que diziam ter uma doença grave...

O médico, portanto, o mesmo homem que atestou o óbito, que declarou uma *causa mortis* falsa, sendo cúmplice, nesse crime, do próprio coronel, era talvez o nome que Chico Eugênio buscava.

Tito começa a elucubrar, a cogitar a natureza da discussão entre Evaristo e Zé Higino, no Beco das Cancelas, que Tito testemunha, dias depois do assassinato. Mas depois descarta a hipótese: ainda que fossem amantes, Domitila não marcaria encontros com dois homens, numa mesma noite.

Ainda a chácara do Catumbi. Para tornar a trama mais ágil, vou direto a três testemunhos cruciais, que deram a Tito dados relevantes, naquele mesmo dia.

Primeiro, Filomeno Mina. Homem tranquilo, sorridente, de boa vontade, conhecedor de um repertório imenso de cantos de trabalho. Se Catarino tinha o poder moral e intelectual, Filomeno era a força física. Todavia, apesar dessa virtude, preferia cuidar do jardim.

Tito se surpreende com ele. Sobre a noite do crime, confirma integralmente o relato de Elesbão, um presumível desafeto. Confirma ainda toda a estratégia de rastreamento, determinada pelo coronel; e acrescenta pormenores: que era impossível, para apenas dois homens, encontrar o fugitivo, àquela hora da noite, naqueles matos. Não havia luz suficiente, era quase impossível analisar o terreno e constatar se existiam marcas na vegetação.

Era até estranha, num homem tão forte, tanta delicadeza, tanta sensibilidade: tinha dó de Chico Eugênio; e piedade de José Higino. Foi ele, Filomeno, um dos que carregaram o caixão de Domitila para o cemitério vizinho. Nunca havia participado de enterro tão degradante: um cortejo fúnebre que seguiu a pé, por um chão molhado, enlameado, cheio de poças que imundiçaram as botas do senhor. Nem os ingleses foram convidados para a cerimônia. Ficaram, à beira da cova, o pai, o padre e alguns escravos. Mais comovente até foi a cena entre sogro e genro, quando o último chega da viagem: choravam abraçados, desesperados, incapazes de compreender a transitoriedade da vida.

Fala ainda sobre Ana Felícia: uma mulher infeliz. Não faz nenhuma alusão a Catarino. Tito pergunta, sinuosamente, se acredita que ela tenha falecido mesmo de tristeza. Filomeno não sabe. Termina a entrevista com uma frase solta, uma sentença que mal me arrisco a transcrever: *nem sempre quem mata sabe que matou.*

Vem depois o comprador, Tomé Ganguela. Fala demais; reclama demais. É pessoa muito ressentida. Acusa os minas de subverterem tudo. De dominarem os senhores. Senhores que sempre foram fracos. Particularmente o coronel: falso herói, grande covarde. Submisso a um homem vil como José Higino. Tinha sido capaz de humilhar Ana Felícia para não confrontar o genro. Se Domitila morreu, não foi por causa do susto, não foi por culpa do ladrão: Chico Eugênio era o assassino. Tinha um ciúme doentio da filha. E não ligava, não procurava a mulher. Que Tito consultasse Leocádia: ia saber de tudo.

Na noite de 13 de janeiro, ouviu os tiros exatamente na hora em que, deixando os cavalos, se dirigia à rua das senzalas. Do lugar onde estava, um corredor entre as cocheiras e o casarão, podia vislumbrar um bom pedaço da suposta rota de fuga do ladrão. Percebeu o impacto das balas contra as árvores — mas não viu o invasor, que talvez já tivesse cruzado o trecho. Admite, contudo (e essa opinião é importante), que pode ter sido alguém da própria chácara: que houvesse entrado na senzala pelo lado do balué, e se misturado à confusão dos que acordavam.

E, finalmente, Rosa, a menina de sete anos que dá comida aos porcos, galinhas e perus. É o depoimento mais incrível, especialmente por vir de uma criança. Dormia na mesma cubata da cozinheira Damiana Caçanje, pegada à de Catarino. Damiana, que detestava o bocono, que detestava os minas, tinha aberto uma pequena fresta no alto, entre o barro da parede e a cobertura de piaçava, disfarçada com palha. Numa vara de pau, apoiada no canto, Rosa subia para espiar Catarino, por esse buraco. Era assim que exercia o seu controle, a sua prevenção.

Quando Ana Felícia foi levada por Elpídia à cubata do bocono, Damiana mandou Rosa subir para espiar. O que ela conta a Tito é provavelmente o mesmo que informou à cozinheira: que tiraram a roupa da senhora; que ela chorou, protestou, jurando que nem mesmo o marido a tinha visto assim; que Filomeno precisou contê-la; que passaram nela um óleo, uma banha, alguma coisa gordurosa; e que Catarino a alisou inteira, cantando sempre; e enfiou depois os dedos dentro dela, por onde os homens fazem nas mulheres. Nessa hora, Elpídia teve de ameaçá-la, dizendo que, se não ficasse quieta, até o coronel ia saber.

Ponto curioso, no testemunho de Rosa, é a conclusão: que Ana Felícia morreu depois daquilo; por causa daquilo. Tinha sete anos; e dominava um conhecimento que a ilusão das ciências nos fez esquecer: que a morte natural é logicamente impossível.

Sobre Domitila, contudo, não tinha ainda a sua hipótese.

Damiana Caçanje, desde o início, se recusava a falar sobre a morte de Domitila. Não sabia de nada, nem queria saber. Consentiu depois, apenas, por insistência de Tomé Ganguela, em dar consulta a Tito: Damiana era a cabeça dos cabulas — o grupo cujo rito (ridicularizado por Catarino) diferia muito do praticado pelos minas, por incluir a incorporação de entidades liminares, habitantes das fronteiras entre o divino e o humano.

Não vou romancear demais: passemos logo à reconstituição da cena, que se deu em algum lugar da chácara, talvez na própria cubata da cozinheira. Além de Damiana, e de Tito Gualberto, estão presentes Rosa, Quirina, Galdino e Tomé.

Num chão de terra batida abrem um sulco circular. Riscam dentro outros traços, outras figuras, escrita acessível apenas aos iniciados. Damiana está de pé, no centro do círculo. Fuma cachimbo. Dá voltas compassadas, sem ultrapassar o limite. Galdino, então, puxa um cântico. E Tomé começa a bater num tambor, feito de casca de árvore seca e pele de jararaca. As mulheres são o coro, dão a resposta aos versos de Galdino. Tito Gualberto desconhece o idioma, provavelmente uma variante do quimbundo.

O canto é forte, é profundo. Não exerce, todavia, efeito inebriante, alienante, como costumam descrevê-lo na ficção e no ensaio. O transe não constitui uma perda dos sentidos: é precisamente o fenômeno inverso; a conquista de uma plenitude cognitiva, perceptiva e perspectiva, relativamente às várias configurações do mundo.

Apesar de o andamento rítmico permanecer o mesmo, a sensação é de que tudo se acelera e se avoluma. Tito sente esse contágio, está completamente concentrado em Damiana — a única que efetivamente roda cada vez mais rápido. Então, acontece: não uma incorporação, como parece ser o caso do sonambulismo. Nenhum espírito entrou ou invadiu o corpo da cozinheira. Ela, Damiana, é que tomou, que absorveu um conhecimento, uma forma de ser e estar, que pertencia à consciência coletiva. Damiana se põe num ângulo particular, numa espécie de plano ontológico primário, na interseção universal das individualidades.

O olhar, o andar, a expressão, tudo muda nela, a partir daquele instante. Os traços, que, na opinião dos leigos, sugerem estar ali outra pessoa, são na verdade da própria Damiana — ampliada apenas, daquele ponto de vista.

E ela se dirige a Tito: sopra nele o fumo do cachimbo; borrifa nele, com a boca, o conteúdo inteiro de uma cuia, mistura de ervas maceradas com cachaça; dialoga, num tom baixo, numa língua estranha, com alguma coisa, algum ente que parece rondar o corpo dele; prescreve banhos; dá seu conselho, na forma de um ditado: *o que não é segredo não se pode descobrir*. E termina, enfim, com uma sentença conhecida: *vejo uma ave pousada sobre a sua sombra*.

É, como o leitor recorda, a mesma frase da cigana. O que impressiona Tito, todavia, não é a repetição exata das mesmas palavras. É o timbre, a cadência, o modo, toda a expressão daquela voz — absolutamente idêntica à da cigana da mantilha vermelha.

Aproveito a última cena, supostamente mística, ou fantástica, para retomar o Largo da Segunda-Feira, onde coisa similar está para ocorrer.

Tito ganha muito, nos dados. Mas já são dez horas. Como combinado, Domitila tem a janela aberta. Ele se levanta, percebe a raiva dos parceiros e deposita o lucro com o dono da estalagem. No galpão, adverte o outro secreta de que tudo está sob controle; que no dia seguinte farão seus relatórios; que deverão permanecer, para não despertar suspeitas. Confiante na camaradagem, na cumplicidade costumeira entre polícias, revela que tem um encontro, uma aventura rápida; e que vai voltar.

Monta, então, o cavalo, sem notar que uma figura humana acaba de surgir, nos fundos do terreno, onde há uma vala estranhamente aberta. O companheiro de Tito, que já se acomodava na carroça, vê o vulto aparecer, na entrada do galpão. Armado, vai até ele. Antes, porém, que haja luta, o vulto, o homem que acaba de chegar, se identifica. E os dois começam a conversar.

Fenômenos fantásticos, fatos sobrenaturais, nem sempre envolvem espíritos ou entidades do outro mundo: decorrem, muitas vezes, da ação elementar do tempo. Assim, enquanto esses homens conversam, e enquanto Tito cavalga pela Estrada do Engenho Velho, na direção de Domitila, vem, pela mesma estrada, mas da banda da Tijuca, uma quarta figura humana, também a cavalo, que logo alcança a estalagem. É mau; é forte. É um assassino de aluguel. Ao amarrar a montaria, avista os dois homens conversando, em frente ao galpão. Mas já não vê Tito.

É o estalajadeiro quem lhe abre a porta. Este último, nervoso, acompanhado pelo homem da cicatriz, faz para o assassino a descrição de Tito Gualberto, mas avisa que esse alvo — contrariando toda expectativa — tinha saído há pouco, embora houvesse garantido voltar naquela mesma noite. E sugere ao assassino que tente seguir o rastro dele, porque não tem certeza se essa promessa será cumprida.

Os olhos do assassino brilham. E ele ri, porque o alvo ainda está ao seu alcance: acabara de vê-lo, enquanto amarrava o cavalo: estava em frente ao galpão, conversando com outro indivíduo; certamente, outro secreta. Os mandantes ficam, então, apavorados, julgam que há um verdadeiro cerco da polícia à estalagem. E correm, buscando refúgio na cozinha, onde apanham facas.

O assassino, contudo, não tem tempo a perder.

Há muito não vamos à Rua do Regente, onde Tito aluga um quarto. Dispensou uma parte dos alunos, tão envolvido está com aquele crime. Continua sob o efeito da sessão entre os cabulas. Está ainda impressionado com a frase de Damiana: *o que não é segredo não se pode descobrir.* E confuso com os múltiplos depoimentos colhidos na chácara, por vezes contraditórios e destituídos de objetividade. Mas era o coronel quem exigia aquilo.

Por isso, todo o caso estava comprometido; já começara de forma equivocada. Porque ele, Tito, tinha aceitado as pistas, tinha cedido às imposições de Chico Eugênio, em vez de seguir a própria intuição e aplicar os métodos convencionais. O coronel parecia saber muito mais do que havia revelado; queria fazer ele próprio a investigação — mas à distância, comandando Tito como um mamulengo.

Pensava nisso precisamente porque sentia estar perdendo tempo no Catumbi, em vez de logo confrontar a dona da casa onde Emília e Zé Higino se encontravam. Ou tentar se aproximar de Emília, até mesmo se arriscar a seduzi-la, para obter alguma confissão.

Tito tem, no entanto, sorte: a portuguesa grita, do térreo, porque um moleque quer falar com ele. Crê, naturalmente, seja Hilário, com algum recado do maldito coronel. Mas se engana; e se surpreende: quem o espera, na porta do sobrado, é ninguém menos que Expedito Camundongo, o pajem de José Higino.

Expedito tinha notado a tocaia de Tito, na Rua do Aljube. E decidiu segui-lo, enquanto ele seguia Emília, até a Princesa dos Cajueiros. Mas não disse nada a Zé Higino. Não gostava do patrão. Pretendia comprar a sua carta de alforria. Oferece a Tito informações, mas quer dinheiro em troca: em sociedades civilizadas, as pessoas vendem o que têm — ou o que sabem.

E Tito paga; paga caro. Quer apenas dois dados: há quanto tempo o corretor mantém relações naquela casa; e se mantém com mulheres em geral, ou com Emília, em particular. Expedito não vacila: seu senhor alugara um quarto lá há quase um ano. E só tinha aquela amante, a filha do caixeiro, moradora na Rua do Aljube.

Era o bastante. Tito não hesita: vai imprensar a mulher, a alcoviteira, a dona da casa onde os amantes se veem. Ela abre a porta, ressabiada; e caminha devagar pelo frondoso jardim, até o portão. Enfrenta, a princípio, as insinuações de Tito; mas cede logo, quando ele a ameaça. É um capoeira: pode roubá-la; pode matá-la; pode mandar incendiarem a casa.

Mas, apesar do medo, ela ainda negocia: o tal do Zé Higino se recusou a quitar um antigo débito. Discutiram muito, na última vez em que o corretor esteve ali, quando humilhou e despachou a coitadinha da moça. Alegou, o inquilino, que passara vários meses sem ocupar o quarto. Mas ela, alcoviteira, não tinha nada a ver com aquilo; manteve tudo à disposição: pronto, limpo, arrumado. Deixou de atender a outros casais por causa dele. Queria, assim, receber pelo aluguel. Se Tito liquidasse aquela dívida, falaria tudo.

Um homem triste não pode ser inteligente, Tito diz, pensando em Zé Higino. E paga a dívida.

É bem antiga, na história íntima da humanidade, a prática sexual denominada mixoscopia, popularmente conhecida como voyeurismo: comportamento ainda mal compreendido e mal estudado, que muitos consideram enfermidade psíquica ou desvio moral. Não é isso, no entanto, que me interessa discutir: implico com o termo, com os dois termos — inadequados (me parecem) por excluírem do conceito os indivíduos que simplesmente sentem prazer em *escutar*.

É o caso da alcoviteira. Viúva, ainda ardente, mas muito correta com a memória do finado, se comprazia ouvindo as vozes, as interjeições, todos os barulhos vindos de dentro da alcova. Tito não poderia ter achado melhor informante.

Foi no fim de março de 53 que o corretor, indicado por um antigo inquilino, veio alugar o quarto e o serviço. Parecia apaixonado, decidido: pagou em notas vivas o aluguel de um semestre.

A moça, todavia, só apareceu dois meses depois. A alcoviteira logo simpatizou com ela. Emília resistia ao corretor. Afirmava que queria casar, embora não ignorasse o estado civil de Zé Higino. Tal pretensão tinha uma base simples: ele mesmo dizia que a mulher estava à morte; que era doente, fraca do peito. Não acreditava que vivesse muito tempo.

Foram as primeiras rusgas, as primeiras dissensões entre o casal: ela só deixava um pouquinho; e ele queria tudo. Emília o confronta, questiona aquela atitude. Segundo a moça, não era certo, enquanto a esposa fosse viva. Zé Higino, então, esfria. Os encontros começam a rarear. E o corretor solicita à alcoviteira que lhe devolva parte do dinheiro.

Alertada pela viúva, Emília muda de estratégia: tem medo de perder aquele rico amor. É quando entra em cena o pai, o caixeiro do Caminho da Forca. Tem uma conversa particular, na própria casa da alcoviteira, com o provável futuro genro: é (o caixeiro) homem moderno, avançado; estuda fenômenos espirituais; por isso, aprova aquela relação; considera legítimas todas as formas de amor; só é contrário às leis retrógradas da Igreja.

É nesse contexto que surge o sobrado do Largo do Capim. A alcoviteira não pôde apurar pormenores. Mas passou a ouvir falarem sobre espiritismo, magnetismo, sonambulismo. Isaura era a grande personagem daquelas conversas. Emília a adorava, admirava o seu incrível poder.

Certo dia, enquanto aguardava o corretor, Emília confessa à viúva que os espíritos garantiram haver entre eles, amantes, uma ligação astral; que eles estavam marcados pelo destino; que ela tinha de se casar com ele; que a própria

Domitila, inconscientemente, aprovava aquele matrimônio. Tanto que Zé Higino já nem tocava na mulher.

E os encontros se tornam frequentes, outra vez. A alcoviteira também volta a ser feliz. E se surpreende, certo dia, quando Emília se oferece, integralmente.

Começa então a saga, a ruína de José Higino: porque ele não consegue, falha sistematicamente. Numa ocasião, chegam a discutir. E ele admite que não para de pensar em Domitila: que é, infelizmente, louco pela mulher.

Foi um período problemático, para a viúva, porque Zé Higino não pagava nem liberava o quarto. Supunha (a alcoviteira) que estivesse tentando se curar da impotência. Emília chegou a esperar por ele algumas tardes. O corretor veio uma vez, embora tenham ficado apenas na sala, conversando.

A moça confiava nos espíritos: e Domitila morre, como estava prescrito. Então, sobrevém a tragédia: os amantes marcam um encontro à noite. Parece (pareceu à viúva) que querem selar um pacto, para quando terminasse o luto — algo ligado àquelas sessões de sonambulismo.

Quando se veem, na sala, se lançam, emocionados, um contra o outro, num abraço ardente e violento. Previdente, a alcoviteira tinha o quarto pronto, limpo e arrumado.

Zé Higino, todavia, mais uma vez, fracassa. Insatisfeita, indignada, Emília o xinga dos piores nomes. O último capítulo foi o que Tito viu.

Casa de Correção e Detenção

Construída particularmente como alternativa às prisões do Calabouço e do Aljube, a Casa de Correção e Detenção, ou Cadeia Nova, como foi então popularmente conhecida, ocupou o mesmo lugar onde futuramente seria erguido o célebre complexo penitenciário da Frei Caneca, hoje demolido.

O leitor talvez espere por algum caso de morte trágica ou cruel, alguma tenebrosa história de assombração, que justifique a inclusão desse presídio num inventário de cemitérios. É que cadeias são cemitérios de pessoas vivas. Do mesmo modo que as necrópoles convencionais são as prisões dos mortos.

Por um princípio análogo, hospícios e senzalas também são calungas: lugares de torturas, cemitério de vivos. Espíritos de mártires e de sentenciados à morte convergem comumente para esses pontos de expiação e desesperança.

Mas são os escravos mortos, popularmente designados "pretos velhos", que compõem a sua imensa legião. São almas sábias, bondosas, pacientes — as mais gentis com que se pode conviver em um terreiro.

Há, no entanto, quem inclua entre os presídios o próprio Inferno. O Inferno seria, nessa perspectiva, a Cadeia propriamente dita, lugar de monotonia eterna e absoluta. Assim, segundo essa nova teoria, prisões, hospícios e senzalas é que abrigariam todos os tipos de diabos, todas as camadas das populações infernais — e não só cemitérios vulgares, como se disse antes.

Percebidas por esse outro ângulo, as entidades conhecidas como pretos velhos já não seriam tão gentis.

6

*Há homens que amam, loucamente,
certas mulheres [...] e são fiéis a elas.
Isso não é normal: são indivíduos carentes
de masculinidade.*

Parecer do médico Harun al-Makhzumi,
erotólogo árabe do século 12.

Apressemos, assim, a conclusão do romance — porque Tito está decidido a encerrar a investigação. Tem uma prova, um indício forte contra Zé Higino. Não exatamente algo que vincule o corretor ao crime; mas que sugere ao menos um motivo para cometê-lo.

Há bandidos que às vezes necessitam de justificativas, ou de atenuantes, para não ter de admitir a própria atrocidade. Era o que pensava Tito sobre aquele caso: Emília iludia o corretor com a fantasia de um destino sobrenatural que deveria uni-los, como fora revelado pelos espíritos atuantes na sonâmbula (talvez até sua cúmplice). E, ao mesmo tempo, acreditava na história de José Higino, que assegurava ser iminente a morte da mulher. Cada um alimentava as intenções criminosas do outro. Ambos queriam se livrar de Domitila. Mas é o corretor quem age primeiro: convicto de que a esposa o trai, tendo portanto um motivo justo de vingança, concebe e encomenda o assassinato considerando todos os álibis e todos os métodos, com muita premeditação. Forja o sumiço de Balbino. Depois, viaja a negócios. E define com muita precisão o modo como Domitila deve morrer — pois a parada cardíaca, decorrente do sufocamento, seria facilmente atribuída à sua suposta enfermidade.

Na chácara, todavia, ninguém parecia crer na doença de Domitila, naquela propalada fraqueza do peito. Pelo contrário, julgavam absurdo o modo como era tratada, vítima da autoridade de dois homens maus, que a encarceravam e a escravizavam. O marido, por ciúme; o pai, para salvar aparências.

Para Tito, bastava apenas um dado: confirmar que a doença era falsa — conclusão que talvez só pudesse ser obtida com a exumação do cadáver: um procedimento impensável, naquelas circunstâncias.

Mas restava ainda uma pequena possibilidade, restava aplicar integralmente o método, esgotar todos os passos previstos pelo protocolo. Assim, decide se arriscar pela

Rua do Cano, quase na esquina com a da Quitanda, onde fica o consultório do médico que adulterou o óbito: Evaristo Monteiro Machado.

O leitor já assistiu a cena semelhante, em certa madrugada: Tito destrava a fechadura e invade o prédio. Inversamente à de José Higino, a sala de Evaristo é uma grande bagunça. Até no chão há papéis. Um estetoscópio tinha sido largado na estante, sobre um volume com versos de Poe.

Tito começa revirando os livros: são quase todos tratados médicos sobre o coração. Evaristo estudava casos de pericardite, angina de peito e lesões congênitas daquele órgão. Além de clínico geral, era um especialista em cardiopatias. Curiosamente, contudo, o volume que está aberto sobre a mesa, cheio de manchas de gordura, são os *Últimos cantos*, de Gonçalves Dias.

Também remexe nas gavetas, onde há desde sonetos manuscritos, muito emendados, a uma caixa de madeira que, apesar de dispor de fechadura, está aberta: Tito conta mais de trezentos mil réis em notas amassadas.

Passa, enfim, ao conteúdo de um armário fechado, que acaba infelizmente por danificar. É lá que encontra os ficheiros, com dados dos pacientes: nome, endereço, descrição da moléstia, prescrições e datas. Reconhece parentes: Baeta Neves, Faria Leite, Barros Lobo, Monteiro

Machado. A família inteira, ou quase toda, se tratava com Evaristo. Zé Higino, Chico Eugênio, Ana Felícia. Exceto Domitila: nenhuma daquelas fichas levava o nome dela; Evaristo nunca havia examinado a prima. Tudo não passava de uma farsa, exatamente como supunham os escravos.

Era um indício forte, quase uma confirmação das suspeitas. Mas Tito procura de novo, repete a busca mais uma vez, para ter certeza de que nada, nenhum pormenor, lhe tenha escapado. É quando repara na data aposta à última consulta da tia, feita no mesmo mês do seu ingresso no seminário. Não fora Evaristo, portanto, quem assistira Ana Felícia no leito de morte. Naturalmente (pensa), porque o médico teria deixado de ser bem-vindo ao Catumbi, depois da reunião secreta mencionada por Quirina, que marca o início do confinamento de Domitila.

Ora, ainda que esse fato explicasse a ausência do nome da prima entre os seus pacientes, tornava ao mesmo tempo mais flagrante uma contradição no comportamento de Chico Eugênio: se este convoca outro clínico para socorrer a esposa moribunda, se é outro especialista quem atesta a doença da filha — por que razão é Evaristo quem assina o óbito, no segundo caso?

Não era apenas um indício; era uma evidência. Tito só não sabe a quem atribuir a trama para manter a prima prisioneira na chácara: ao coronel, ao corretor ou a um conluio entre ambos? Evaristo estaria envolvido? Teria sido esse o tema da reunião secreta? Foi por isso que se afastou do Catumbi?

Prestes a sair, Tito tenta, sem sucesso, fechar o armário; e lamenta o acidente que danificou a fechadura. Não gosta de deixar vestígios, de alertar os seus investigados. Então, concluindo que todo fato, para ser crível, exige outros que lhe deem verossimilhança, aproveita para recolher os trezentos mil réis em notas amassadas.

E Tito vai mesmo encerrar a investigação. Não entregará Catarino; não levantará suspeitas sobre Balbino Ribeira. Evitará o tema da doença falsa, porque Chico Eugênio deve estar envolvido. Fará um relatório sucinto: o assassino é um dos escravos da chácara, que agiu a mando de José Higino e não deixou vestígios; entrou pela porta da frente, com a cumplicidade de Leocádia, e fugiu pela janela, na direção das senzalas, onde se misturou aos outros, sem despertar desconfiança.

Sobre os motivos do crime, dará ao coronel todos os fatos apurados contra o genro: o nome da amante, o endereço da casa de encontros. Será cruel; mencionará minúcias. E dirá, no fim do relato, que não há mais como avançar: nem todas as verdades podem ser provadas.

Na Rua Direita, a caminho da companhia de seguros, ainda lembra a sentença de Damiana: *o que não é segredo não se pode descobrir*. Talvez houvesse mesmo um grande pacto, uma outra espécie de irmandade, em que nenhum membro denuncia o outro.

Diante da porta da seguradora, recebe a informação de que Chico Eugênio não está. Mas não desiste. Tem pressa de terminar o caso. Aquela investigação já saturou seus nervos. No Catumbi, contudo, descobre que o coronel, àquela altura, devia estar embarcando em outro vapor para Penedo, onde os negócios ficaram pendentes.

Essa notícia havia sido dada por Quirina, no casarão, onde ela escovava o assoalho. É quando surge, de repente, Leocádia. As mucamas se enfrentam com o olhar. Quirina, todavia, cede, ao perceber em Tito certa indecisão.

Leitores talvez imaginem que a personagem feminina da minha preferência seja Domitila ou até mesmo Ana Felícia. É um engano: gosto de mulheres fortes, agressivas. Leocádia Henriques, portanto, é a minha eleita. A cena que se segue é dedicada a ela, à sua eterna memória.

Não tenta uma reconciliação, minha adorada Leocádia: pelo contrário, encurrala Tito. Diz tremendas grosserias. Faz, na verdade, uma grave acusação: que tinha visto a roupa íntima de Domitila. Sabia, logo, que Tito tinha estado ali. Afinal, não era apenas mucama, mas confidente da finada: mandara comprar aquelas peças especialmente para usar com ele.

E vem à tona a versão de Leocádia, versão que Tito sempre desprezou: na noite de 13 de janeiro, a mucama acorda com o barulho da senzala. Levanta, automaticamente, para esperar ordens eventuais. O coronel, contudo, manda que volte a dormir: é o moleque Hilário quem vai trazer a bagagem.

Não consegue pegar no sono, imediatamente. Acompanha o movimento da casa, percebe a porta de entrada se fechar, os passos do coronel na direção da biblioteca. Pouco depois, de repente, irrompem a voz de Chico Eugênio, chamando Domitila, e duas ou três batidas numa porta interna. Em seguida, há um súbito silêncio, que dura alguns instantes. Escuta, então, os tiros.

Levanta de novo; e corre na direção do quarto de Domitila, precisamente quando Chico Eugênio sai. O coronel a agarra pelo braço, e a leva para o alpendre. É quando ouve a história do ladrão, do invasor da chácara.

O leitor deve lembrar o que ocorreu depois. Leocádia permanece certo tempo na cubata, enquanto dura a caça ao criminoso. Só mais tarde, Chico Eugênio grita, anunciando a todos a morte da filha; e pede a ela, Leocádia, que venha vestir a defunta.

A ansiedade do coronel é nítida; e ele mal consegue chorar. Sequer permite que Leocádia chore, que também extravase a dor daquela perda. Manda que ela apanhe logo algum vestido preto, que cubra o corpo inteiro da filha. Não permite que lave o cadáver: apenas que passe uma toalha úmida no rosto, e ajeite os cabelos.

Leocádia vê, então, que Domitila veste a camisola ao avesso; e que aquela peça íntima, caríssima, com botões de madrepérola, comprada nas francesas da Rua do Ouvidor, não estava totalmente abotoada.

Sozinho, no salão da chácara, Tito repassa mentalmente a cena capital: Domitila, completamente nua, trepa nele, sobre o sofá. O movimento, inúmeras vezes repetido, é rápido; e é intenso: ergue os quadris, com o músculo das coxas, coleando o lombo para cima, até o limite onde mantém o homem dentro dela, para depois descer com força, com vontade, produzindo um som alto, úmido, característico, similar ao chapinhar de botas numa poça d'água.

É quando escutam as vozes, as passadas, os ruídos típicos de alguém que chega em casa. Domitila se levanta, ofegante, e manda Tito fugir. Como tem sorte, está quase totalmente vestido: num átimo, ajeita as calças e apanha o chapéu, pulando a janela por onde havia entrado.

Isso é o que Tito lembra, é o que Tito sabe. Do instante em que pula a janela até o momento em que começa a galopar de volta à estalagem, ocorrem cinco eventos capitais, os cinco pilares do problema, que nosso detetive não consegue concatenar: o assassino entra no quarto; Domitila é sufocada com uma almofada; o criminoso foge levando as joias; o coronel tenta atingi-lo com os tiros; e se inicia a perseguição ao fugitivo.

O depoimento de Leocádia acresce novo item ao conjunto do problema: o fato de Domitila ter sido enterrada com uma camisola pelo avesso. Ainda ali, no grande salão de Chico Eugênio, Tito chega inicialmente a apenas três hipóteses — três hipóteses ruins, deselegantes — para explicar aquilo.

Na primeira, depois que Tito salta a janela, o assassino, oculto pelas cortinas no cômodo contíguo, entra no quarto, enquanto Domitila recolhe do chão as roupas, para se recompor. Poderia ter gritado, imediatamente. Mas não faz isso: a identidade do homem que está diante dela a impede de pedir socorro. A nudez, contudo, a envergonha; e ela se veste tão depressa que não chega a abotoar o *caleçon*, não repara no avesso da camisola.

Conversam, o homem e Domitila, antes do crime? Ela está tão à vontade que não tem pudor de se deitar diante dele? Ele é tão rápido e sutil que consegue pegar a almofada e sufocá-la antes que ela se dê conta? Ou ele a domina assim que ela se veste, enquanto está de pé; e passa um tempo enorme procurando o que roubar? O dado objetivo é que, quando o coronel entra no quarto, ainda pode mirar no vulto do fugitivo.

Na segunda hipótese, depois que Tito salta a janela, o ladrão, oculto pelas cortinas no cômodo contíguo, entra no quarto, enquanto Domitila recolhe do chão as roupas, para se recompor. De costas, é pega de surpresa e não tem tempo de gritar: o homem a domina e sufoca com a almofada. Apesar de ser um criminoso, tem seu tanto de pudor, tem uma estranha relação com a morte. E veste o cadáver, de qualquer jeito, para ocultar aquela incômoda nudez. E fica por ali, procurando o que roubar. Foge apenas quando escuta o coronel chamando pela filha; e por muito pouco não é alvo dos tiros do revólver.

Finalmente, na hipótese restante, depois que Tito salta a janela, o assassino, oculto pelas cortinas no cômodo contíguo, entra no quarto, enquanto Domitila recolhe do chão as roupas, para se recompor. De costas, é pega de surpresa e não tem tempo de gritar: o homem a domina e sufoca com a almofada. É um criminoso: não se sente afetado pela dignidade da morte. Abandona a vítima em sua nudez; e perde tempo procurando o que roubar. Foge apenas quando escuta o coronel chamando pela filha; e por muito pouco não é alvo dos tiros do revólver. O pai, então, é quem veste o cadáver, de qualquer jeito, para ocultar aquela incômoda nudez.

São deselegantes, são ruins, as três hipóteses. Tito não pode admiti-las, nem eu posso encerrar uma trama policial dessa maneira. Todavia, a última, a terceira, traz um aspecto, um elemento novo, que Tito até então não havia considerado: a eventualidade de Chico Eugênio ter visto Domitila nua.

Emerge, então, dos escombros daquele casarão, uma cena alternativa, uma quarta hipótese: quando o assassino entra no quarto, Domitila não recolhe do chão as roupas para se recompor. A identidade dessa personagem é tal que a nudez não a envergonha. O que fazem, o que se passa, ainda é mistério. O homem foge apenas quando o coronel chama pela filha. E por muito pouco não é alvo dos tiros do revólver.

Na quarta hipótese, portanto, não há roubo de joias. O coronel atira contra o vulto do fugitivo — e Domitila está no quarto, nua e viva. Num acesso de ciúme, na convulsão da desonra, Chico Eugênio mata a própria filha. E é ele quem veste o cadáver, para ocultar aquela incômoda, aquela inconcebível nudez.

Tão inconcebível como o Largo da Segunda-Feira: quando Tito cavalga na direção de Domitila, uma figura humana surge nos fundos da estalagem, onde uma vala foi aberta. É um homem, um anônimo, que chega até o galpão e inicia uma conversa com o outro secreta que dorme na carroça. São, esses dois, percebidos por uma terceira personagem, que veio das bandas da Tijuca: um assassino de aluguel.

Na estalagem, recebe a informação de que seu alvo saiu, mas prometeu voltar. O assassino contesta: acaba de vê-lo em frente ao galpão, na companhia de outro homem.

Não tem tempo a perder: do lado de fora, vai sondando a escuridão. Tem dois inimigos, agora. Dois inimigos que irão morrer. É quando identifica um vulto: não é seu alvo; é o outro, é o homem que não devia estar ali. Com uma corda grossa, ataca a vítima por trás, e a enforca.

Nesse momento, escuta um barulho de pedras roladas, bem às suas costas: é o alvo, o homem cuja cor, altura e peso se encaixam na descrição do estalajadeiro, embora já não vista nem casaca nem chapéu. E o alvo tenta golpeá-lo. O assassino, todavia, é mais rápido: mata o agressor com a mesma faca que descia na direção do seu pescoço.

A caminho da Tijuca, depois de enterrar um cadáver, na vala previamente aberta, e abandonar o outro, num matagal, não chega a ver um cavaleiro apontar pelo outro lado, na Estrada do Engenho Velho. É Tito Gualberto quem volta, como prometido, para fechar o círculo.

Quando divisa a estalagem, julga perceber o vulto de algum animal, talvez um veado, talvez uma anta, talvez uma onça. São seres selvagens. Tito apeia com cautela. Sente, contudo, a presença de alguém, uma presença humana. Procura o secreta, no galpão, e encontra só a carroça.

Intui que algo inesperado aconteceu. Mas tem coragem: chama o estalajadeiro; e entra. Não compreende a razão de tanto espanto. Não compreende por que o homem da cicatriz empunha uma faca de cozinha. E passa a noite em alerta, armado, pronto para se defender.

Tinha sido, então, o coronel. Para encobrir o próprio crime, subtrai do quarto as joias de Domitila. Exatamente como Tito, no consultório de Evaristo: um roubo que simula a si mesmo. É esse paralelo casual que dá convicção ao nosso detetive: porque os homens são, para ele, essencialmente, iguais.

E compreende, enfim, por que fora convocado para investigar o crime: porque Chico Eugênio ainda deseja se vingar do amante que fugiu pela janela. Do segundo amante que fugiu pela janela. *Homens de verdade não se importam com justiça; apenas com vingança.* Como o leitor se lembra, é uma das frases que teria dito.

Por isso, por saber que se tratava de um amante, não de um ladrão, insistiu tanto com Tito sobre os rapazes que frequentavam a chácara, sobre homens a quem Domitila teria feito visitas secretas.

Tito faz, assim, sua última investida, em busca daquela prova: aproveitando a circunstância de ainda estar sozinho, sobe as escadas e invade os aposentos de Chico Eugênio. Teria sido ridículo, para qualquer autor de novelas policiais, tentar romancear, florear esse passo — que é trivial: ao revolver o conteúdo de uma grande canastra, encontra, enfiadas numas botas velhas, várias joias de mulher. E reconhece, pelas descrições, por ele mesmo se recordar de algumas delas, que pertenceram a Domitila.

Estava finda a farsa, a encenação do coronel. Tito não tem mais nada a temer de Chico Eugênio: a posse das joias o incrimina, definitivamente. Também já não teme a testemunha, o segundo fugitivo, o homem atrás da cortina, que viu a cena do sofá. Não é um ladrão; muito menos assassino. Só poderia ser acusado do crime que Tito também cometera. Não sabe o que pensar sobre a identidade desse indivíduo; não sabe o que pensar de Leocádia, se, movida pelo ciúme, teria forjado um bilhete para o segundo amante; e não sabe o que pensar de Domitila, que marcou, ou admitiu, encontros com dois homens numa mesma noite.

Desce, então, as escadas; põe as joias sobre a mesa; e escreve um bilhete para Zé Higino. Um bilhete simples, contando a verdade: que os objetos roubados da finada estavam entre os pertences do próprio coronel. O corretor, certamente, saberia tirar as próprias conclusões.

Não se despede de ninguém. Tem a sensação de que todos o traíram. Que todos ali sabiam a verdade. Que nada era segredo entre eles. Pois *o que não é segredo não se pode descobrir.*

Do alpendre, grita, pedindo o cavalo. Domingos Monjolo vem trazer o animal. Tito tinha evitado conversar com o cavalariço, antes, porque ele também era da nação dos congos, um aliado natural de Balbino Ribeira, então suspeito do crime, então suspeito de armar uma emboscada contra o próprio Tito.

Domingos, contudo, tem algo a dizer. Ao entregar as rédeas, pergunta, incisivamente, ironicamente, se Tito não saberia onde procurar o Anhuma. E justifica aquela curiosidade: da última vez em que esteve com o desaparecido, em São Gonçalo Garcia, Balbino (que andava fugido da polícia) se mostrara ansioso para falar com Tito. Pareceu (diz Domingos Monjolo) que Tito corria, e talvez ainda corresse, um grande perigo.

Largo da Segunda-Feira

Foi em 1854 que o antigo Largo das Antas passou a se chamar Largo da Segunda-Feira, quando ali exumaram casualmente um cadáver, já meio comido pelos tatus, nos fundos de um galpão que estava sendo demolido. Não havia cruz, não havia nenhuma referência à identidade do morto.

O povo, devoto, levantou um cruzeiro em memória do finado anônimo, enterrado sem nenhum serviço fúnebre. E o largo passou a ser um centro de culto às almas. Toda segunda-feira, que é o dia das almas, vinha gente acender a sua vela, ou pagar sua promessa. Daí, portanto, a denominação atual.

Largos são apenas espécies particulares de encruzilhadas, praças abertas na convergência de caminhos, pontos naturais de encontro. Como os viventes, os espíritos dos que morrem na rua ou nos espaços públicos sempre acorrem para tais lugares, porque os mortos (já se disse) detestam a solidão. Assim, largos também são cemitérios — o quinto tipo do círculo que terminamos de percorrer.

As almas dos largos e encruzas compõem o famoso contingente do "povo de rua". São os catiços; são exus e pombajiras: Maria Molambo, Maria Padilha, as ciganas, as ciganinhas, Seu Tranca-Rua, Seu Toniquinho, Seu Gira-Mundo, Seu Sete Encruzilhadas.

Seu Zé Pelintra, a quem dedico o romance, também figura entre eles. Diz a lenda que morreu numa ladeira, embora tivesse o corpo fechado. Nem sempre é necessário revólver, ou mesmo faca, para matar.

7

*Ali onde toda coisa é humana,
o humano é toda uma outra coisa.*

Eduardo Viveiros de Castro:
Metafísicas canibais.

Meu romance começa propriamente agora. Não descreverei as cenas degradantes passadas entre Chico Eugênio e Zé Higino. Não darei a dimensão do escândalo, quando se espalhou a notícia (ou a suspeita) de que o coronel tinha matado a filha. Não revelarei a identidade do segundo homem que fugiu pela janela — se foi Balbino, Catarino, Evaristo, um escravo, um moço dos saraus ou até mesmo o inglês da chácara vizinha (possibilidade que ninguém, então, considerou). É, tudo isso, irrelevante.

Primeiro, falarei de Ana Felícia: gostava de lundus, gostava de saraus; mas nunca tinha se despido diante do marido. Esse é o dado essencial — que explica tudo.

Explica ainda, naturalmente, o processo psíquico, ou o enfeitiçamento (como queiram), que a levou à morte.

Nunca se despira na frente do marido — e de repente se vê nua, diante de estranhos, homens que a manipulam, exploram, que enfiam dedos em suas partes íntimas. Cena brutal, inconcebível, mesmo para uma mulher risonha, que gostava de lundus.

Mas esses mesmos lundus poderiam tê-la estimulado a se despir, deveriam tê-la impulsionado a se oferecer inteira a Chico Eugênio, dando a ele o prazer adicional do olhar. Foi a intenção de Catarino, foi a única intenção de Catarino (creio eu): imantá-la de energia sexual, para que, pelo sexo, conseguisse dobrar a rigidez do coronel em relação a Domitila. Nem todo homicídio é necessariamente doloso. Ou, como disse Filomeno, *nem sempre quem mata sabe que matou.*

Para compreender a contradição de Ana Felícia, no entanto, teremos que passar a Chico Eugênio.

Francisco Eugênio de Barros Lobo, coronel do exército brasileiro, herói da Guerra do Prata, homem capaz de descarregar um revólver de seis tiros contra o vulto de um desconhecido — deveria ser também um campeão sexual, acender todas as velas e rasgar as roupas de Ana Felícia. Todavia, como o leitor sabe, também era dono de uma empresa de seguros.

É o problema masculino clássico, que perpassa toda a história da civilização, que constitui talvez o cerne da noção de sociedade: o temor de libertar a sexualidade feminina e a subsequente necessidade de mantê-la sob controle. Ora, num homem que por ofício ainda lida com seguros, tal temor atingirá sua potência máxima — anulando, obviamente, qualquer outra virtude, como as decorrentes do caráter militar.

No que tange a Chico Eugênio, tudo gira em torno desse tema. Proibiu os saraus, proibiu os lundus: tentou impedir, portanto, as expansões sexuais da mulher e da filha.

Exagerado, incongruente, é o fato de ter aceitado as regras de José Higino, relativamente a Domitila. É até contraditório, na verdade: porque esse controle sexual da mulher deveria compreender a atividade regular do marido. Transferir o quarto de Domitila para o térreo não faz nenhum sentido, nessa perspectiva.

Assim, para entender as contradições do coronel, teremos de passar a Zé Higino.

Na sensibilidade ocidental, forjada numa cultura que opõe os conceitos de espírito e matéria, nada é mais incompatível com a ideia de bem que o apreço pelo dinheiro. É um grande estereótipo: quem ama a riqueza é egoísta, impiedoso e predisposto ao crime.

Isso define Zé Higino, ou melhor, define o ângulo pelo qual o corretor foi visto, interpretado — mesmo por um homem formado nas ruas do Rio de Janeiro, como Tito Gualberto. Toda a tese do nosso detetive a respeito do homicídio (que se manteve quase até o fim do livro) tinha essa base.

Zé Higino não consegue modificar, em Tito, a própria imagem — mesmo quando entra na Igreja da Santa Cruz dos Militares derramando lágrimas, amparado pelo sogro; ou quando (segundo a viúva alcoviteira) chora diante de Emília, confessando ser ainda apaixonado pela mulher.

Seria uma fraude? Uma encenação? É possível. Mas isso não explica a escada. Por que razão Zé Higino interpõe, entre ele mesmo e Domitila, a bela escada do casarão do Catumbi?

Antes de Domitila se mudar para o térreo, antes de ser proibida de fazer passeios, houve uma reunião entre três personagens: Evaristo, Zé Higino e Chico Eugênio. Na despedida (conforme testemunho de Quirina), o primeiro estava envergonhado; o segundo, indignado; o terceiro, desesperado. Faço, então, mais três perguntas: o que envergonha um médico?; o que indigna um marido?; o que desespera um pai?

Um pai se desespera se perde um filho, ou se fica na iminência de perdê-lo; um marido se indigna se sua mulher o trai, ou se descobre que teve antes mais prazer com outro homem; um médico se envergonha se comete um erro clínico, ou se fere de algum modo o seu código moral.

As três respostas justificam a escada. A escada, aqui, não é a barreira; não é um símbolo da separação entre um homem e uma mulher: é, em si mesma, o território proibido; um caminho que ela, a mulher, não pode percorrer. Precaução, restrição imposta pelo marido, ratificada pelo pai, recomendada pelo médico, especialista em cardiopatias.

Médico que descobre a doença da prima, não por um exame clínico, feito em consultório, com agenda marcada, com preenchimento de fichas; mas porque conviveu com ela, intimamente, porque esteve com ela, também num sofá; e, por medo ou vergonha, demorou demais a advertir os responsáveis. Marido que se indigna quando imagina a cena da mulher com outro homem, tendo um prazer que com ele mesmo nunca teve. Pai que se desespera porque teme, porque sabe que ela fará de novo — e que vai morrer.

Estamos aptos, enfim, a conhecer a verdade: não a dos fatos (que é banal); mas a do mito.

Entremos no círculo de cinco pontas. Tito Gualberto está na estalagem. Identificou membros da quadrilha de aliciadores e traficantes de escravos. Sabe que, no galpão, há dois ou três escravos fugidos, que serão ludibriados e revendidos em fazendas de café.

Tem um companheiro, secreta como ele, que está nesse galpão. Passarão a noite ali, para não despertar suspeitas, para confirmar os disfarces. Farão, no dia seguinte, o relatório; e a polícia oficial virá depois.

Tito não sabe, contudo, que corre ali um grande perigo. Gente da polícia, capoeiras, pessoas importantes interessadas nesse contrabando alertaram o estalajadeiro. Deram, a esse bandido, a descrição de Tito. E o bandido, que é velho ou fraco, decide contratar um assassino de aluguel.

Mas Tito tem um espírito de cobra. Marcou um encontro com Domitila, às dez, na própria chácara, no próprio quarto da prima. É um prazer que não pode dispensar.

Parte, então, prometendo voltar. Adverte o companheiro, no galpão — mas não percebe uma figura humana que chega pelos fundos do terreno, onde uma vala fora recentemente aberta.

O parceiro de Tito, contudo, vê essa mesma figura humana, esse homem, que passa pela frente do galpão. Desconfia, inicialmente; e vai até ele, armado; mas — antes que haja luta — o anônimo se identifica: é um amigo de Tito; é Balbino Ribeira. Fora até ali para alertar que informações haviam sido vazadas, que aquela missão já não era mais secreta.

Pensa, o parceiro, em fugir; mas Balbino o tranquiliza: na estalagem, julgavam haver apenas um polícia; tinham passado a descrição de um único porte e de um único disfarce, que correspondiam ao de Tito Gualberto.

Nesse ínterim, apeia do cavalo o assassino de aluguel. Observa os homens em frente ao galpão; entra na estalagem; ouve a descrição do indivíduo que deve matar; e — como Tito tem sorte — julga que aquele que conversa com Balbino é o próprio Tito, pois a cor, o peso e a altura se encaixam bem no perfil traçado pelo estalajadeiro, apesar de estar vestido de um modo diferente.

Com uma corda, atacando pelas costas, o assassino enforca Balbino Ribeira. E em seguida mata o parceiro de Tito, a facadas, depois de desarmá-lo. Começa, então, o trabalho insuportável de enterrar os corpos.

Arrasta o primeiro cadáver até a vala, que tinha sido aberta cedo, com esse fim. Quis o destino, não o acaso, que fosse o cadáver de Balbino. Percebe, contudo, o assassino, que não há espaço para um segundo corpo. Era natural: o estalajadeiro imaginava que houvesse apenas um polícia. Decide, assim, deixar o outro insepulto, no meio do mato: esse assassino nunca tem tempo a perder.

Enquanto isso, no Catumbi, Domitila está trepada em Tito, no sofá. Executa movimentos rápidos, intensos, violentos, com os quadris. Arqueja, sua. Os músculos estão todos tensionados. É enorme, portanto, o dispêndio de energia. Chegam a níveis extremos, tanto seus batimentos quanto sua pressão arterial.

Segundo a literatura médica, acidentes cardíacos durante a prática do coito são muito raros. Mas não impossíveis. E não se tratava, ali, de uma relação convencional. Era, no fundo, um verdadeiro exercício atlético, que boa parte das mulheres é incapaz de manter por muito tempo.

Então, Chico Eugênio chega, de surpresa. Percebem, os primos, o movimento de pessoas acordadas. E Tito (que tem a sorte de ainda estar vestido) pula a janela por onde havia entrado.

Estamos, como já se disse, sob a égide do mito, que se passa sempre no intervalo entre o impossível e o improvável. Tito não pode ver que Domitila, prestes a pegar no chão as roupas, para se recompor, leva uma das mãos ao peito; e cai. Não grita, não pede socorro, não chama pelo nome do primo. Sabe que — quem quer que seja o homem que acaba de chegar — não poupará a vida do intruso. E morre, Domitila; morre mitologicamente, sem tempo de ocultar aquela incômoda nudez.

O coronel, contudo, não percebe o que se passa no quarto da filha. Eram muitas vozes, muita gente gritando, o rangido das rodas do carro, o relincho dos cavalos. E a festa dos cães, que o reconhecem.

No casarão, como ainda está sem sono, decide pôr alguns papéis em ordem. Senta na biblioteca, no gabinete contíguo ao cômodo de Domitila. Procura não fazer barulho. O tempo passa — e ele nota uma brisa leve, mas invulgar, que vem do quarto e entra pela fresta da cortina. É a janela, naturalmente, que ficou aberta.

Para não surpreender a intimidade da filha, Chico Eugênio sai do gabinete e vai bater na porta que dá para o salão. Domitila, contudo, não responde. Ele volta, então, ao gabinete, e se arrisca a espiar.

É impossível descrever a reação: Chico Eugênio, vendo a filha nua, caída, compreende tudo. E a primeira pessoa que pensa em proteger — ao constatar que ela está mesmo morta — é o genro, é José Higino. Para que não tenha o dissabor de se saber traído; para manter impoluta, sobretudo, a memória de Domitila.

Chico Eugênio é um coronel, um herói de guerra. Suas reações precisam ser imediatas, instantâneas. Assim, decide simular um crime, um latrocínio: entra no quarto e dá, pela janela, seis tiros de revólver, mirando numa direção segura, para não atingir as cubatas.

Em seguida, arrasta Leocádia para fora do casarão. Manda mulheres e crianças ficarem na senzala, e organiza a perseguição a um fugitivo que nunca existiu. Afasta, com isso, os homens da chácara, o máximo possível.

Fica, assim, sozinho com o cadáver. Sob forte comoção, veste o corpo com pressa, de qualquer jeito, para ocultar logo aquela incômoda nudez. Em seguida, arromba a porta; e esconde, entre os próprios pertences, todas as joias da filha.

Chora, então, naturalmente, para extravasar. É pouco depois que chama novamente Leocádia — para que ponha um vestido preto na defunta; para que espalhe a notícia, uma notícia verdadeira: de que o frágil coração de Domitila, lamentavelmente, não resistiu.

Durante essas últimas cenas, no seu esconderijo atrás do cemitério, depois de escutar os disparos, Tito espera; julga prudente esperar. E conta, mais uma vez, com a sorte. Quando nota que todo o tumulto se desloca para a cadeia, na direção oposta à dele, tem o impulso de fugir, pelo caminho da Cova da Onça e do Rio Comprido, no sentido horário, fechando o círculo de cinco pontas.

Nunca compreenderá que, naquela sexta-feira, tinha sido ele, Tito, o único homem a fugir pela janela. Pois *o que não é segredo não se pode descobrir.* E *nem sempre quem mata sabe que matou.*

Quando dá meia-noite, quando bate a Hora Grande — e o assassino de aluguel vai longe, rumo da Tijuca —, Tito divisa a estalagem. Nesse exato momento, dentro do círculo, há três pessoas mortas. Três espectros, portanto, vagam naqueles limites.

Há, em Tito, um espírito de cobra. Tito não passa, na verdade, de uma cobra. E é assim, com olhos ofídicos, que enxerga um daqueles três fantasmas, na forma de uma onça; de um veado; ou (é minha tese) de um tapir.

Ave, certamente, não seria. A ave, a anhuma (sabemos todos), estava já pousada sobre a sua sombra.

Agradecimentos

A Marlene Mussa, que me contou as muitas lendas dos Baetas;

a Elaine Mussa, por discutir comigo a primeira versão deste romance, quando ainda germinava em sua forma oral;

a Carlos Andreazza, pela amizade, pelo estímulo e pelo magistral trabalho de edição — edição de Editor, que o torna necessariamente cúmplice do crime narrado neste livro;

a Álvaro Costa e Silva, Anna Luiza Cardoso, Duda Costa, Edu Goldenberg, João Mussa, Josélia Aguiar, Luciana Villas-Boas, Luiz Antonio Simas e Stéphane Chao, pela leitura dos originais e, principalmente, pelos comentários;

aos que conhecem ou estudam as antigualhas do Rio de Janeiro, que certamente me perdoarão as pequenas alterações na geografia histórica do Catumbi, para melhor fluência da leitura;

e a Mary del Priore, pelo seu esplêndido Do outro lado, *livro que me deu fundamento e segurança na criação de duas personagens: o bocono Catarino; e a sonâmbula Isaura.*

Este livro foi composto na tipologia Minion Pro
Regular, em corpo 12/17, e impresso em
papel off-white no Sistema Cameron da
Divisão Gráfica da Distribuidora Record.